新・浪人若さま
新見左近【十四】

乱れ普請

佐々木裕一

双葉文庫

目次

第一話　路地の女侍《おんなざむらい》　9
第二話　乱《みだ》れ普請《ぶしん》　81
第三話　命喰《いのちぐ》い　156
第四話　孝《こう》の心　225

主な登場人物

新見左近《にいみさこん》——浪人新見左近を名乗り市中に出るが、その正体は甲府《こうふ》藩主徳川綱豊《とくがわつなとよ》。たびたび市中に繰り出しては、秘剣葵一刀流《あおいいっとうりゅう》でさまざまな悪を成敗しつつ、自由な日々を送っていた。五代将軍綱吉《つなよし》たっての願いで仮の世継ぎとして西ノ丸《にしのまる》に入ってからは平穏な日々を過ごしていたが、京にいるはずのお琴《こと》の身に危難が訪れたことを知り、ふたたび市中へくだる。晴れて西ノ丸から解放され、桜田《さくらだ》の甲府藩邸に戻る。

お峰《みね》——実家の旗本三島《みしま》家が絶《た》えたため、母方の伯父《おじ》である岩城雪斎《いわきせっさい》の養女となっていた、左近の亡き許嫁《いいなずけ》。妹のお琴の行く末を左近に託す。

お琴《こと》——お峰の妹で、左近の想い人。小間物問屋、中屋《なかや》の京の出店をまかされ江戸を離れていたが、店を焼かれたため江戸に逃れ身を潜《ひそ》めていた。貴船屋《きぶねや》の事件解決後、左近と無事再会を果たし、三島《みしま》町《ちょう》で小間物屋の三島屋《みしまや》を再開している。

みさえ——病で亡くなった友人のおかえから託されたお琴の養女。お琴と共に三島屋で暮らす。

権八《ごんぱち》——およねの亭主で、腕のいい大工。女房のおよねともども、お琴について京に行っていた。江戸に戻ってからは大工の棟梁《とうりょう》となり、三島屋裏の鉄瓶長屋《てつびんながや》で暮らしている。

およね——権八の女房で三島屋で働いている。よき理解者として、お琴を支えている。

吉田小五郎《よしだこごろう》——甲州《こうしゅう》忍者を束《たば》ねる頭目《とうもく》で、左近の警固《けいご》役。幼《おさな》い頃から左近に仕《つか》え、全幅《ぜんぷく》の信頼を寄せられている。三島町で再開した三島屋の隣で煮売り屋をふたたびはじめ、配下のかえでと共にお琴の身を警固する。

かえで——小五郎配下の甲州忍者。小五郎と共に左近を助け、煮売り屋では小五郎の女房だと称している。

間部詮房《まなべあきふさ》——左近の養父で甲府藩家老の新《にい》見正信《みまさのぶ》が、左近の右腕とするべく見出《みいだ》した俊英《しゅんえい》。左近が絶大な信頼を寄せる、側近中の側近。

岩城泰徳《いわきやすのり》——お峰とお琴の義理の兄で、本《ほん》所石原町《じょいしわらちょう》にある甲斐無限流《かいむげんりゅう》岩城道場の当主。父雪斎が左近の養父新見正信と剣友で、左近とは幼い頃からの親友。妻のお滝《たき》には頭が上がらぬ恐妻家だが、念願の子を授かり、雪松《ゆきまつ》と名づけた。

岩倉具家《いわくらともいえ》——京の公家の養子となるも、密《ひそ》かに徳川家光《いえみつ》の血を引いており、将軍になる野望を持っていたが、左近の人物を見込み交誼《こうぎ》を結ぶ。鬼法眼《きほうがん》流《りゅう》の遣《つか》い手《て》で、京でお琴たちを守っていたが、修行の旅を経《へ》て江戸に戻ってきた。市田実清《いちださねきよ》の娘光代《みつよ》を娶《めと》る。

西川東洋《にしかわとうよう》——上野北大門町《うえのきただいもんちょう》に診療所を開く、甲府藩の御殿医《ごてんい》。一時、診療所を弟子の木田正才《きだしょうさい》と女中のおたえにまかせ、七軒町《しちけんちょう》に越していたが、ふたたび北大門町に戻り、三人で暮らしている。

篠田山城守政頼《しのだやましろのかみまさより》——左近が西ノ丸に入る際に、綱吉が監視役として送り込んだ附家老《つけがろう》。通称は又兵衛《またべえ》。元は直参《じきさん》旗本で、左近のもとに来るまでは、五年にわたって大目付《おおめつけ》の任に就《つ》いていた。

おこん——西川東洋の友人の医師、太田《おおた》宗庵《そうあん》の娘。嫁入り前の武家奉公のため、甲府藩の桜田屋敷に入り、奥御殿女中を務めている。

皐月《さつき》——間部の遠縁で、奥御殿女中の指導役。おこんたちを厳しくも温かく見守っている。

新井白石《あらいはくせき》——左近を名君に仕立て上げるべく、又兵衛が招聘《しょうへい》を強くすすめた儒学者《じゅがくしゃ》。本所で私塾を開いており、左近も通っている。

徳川綱吉《とくがわつなよし》——徳川幕府第五代将軍。四代将軍家綱《いえつな》の弟で、甥《おい》の綱豊(左近)との後継争いの末、将軍の座に収まる。だが、自身も世継ぎに恵まれず、その座をめぐり、娘の鶴姫《つるひめ》に暗殺の魔の手が伸びることを恐れ、綱豊に、世間を欺《あざむ》く仮の世継ぎとして、西ノ丸に入ることを命じた。

柳沢吉保《やなぎさわよしやす》——綱吉の側近。大変な切れ者で、綱吉の覚えめでたく、老中上座に任ぜられ、権勢を誇《ほこ》っている。綱吉から一字を賜《たまわ》り、保明《やすあき》から改名。

徳《とく》川《がわ》家《いえ》宣《のぶ》

江戸幕府第六代将軍
寛《かん》文《ぶん》二年（一六六二）～正《しょう》徳《とく》二年（一七一二）

寛文二年（一六六二）四月、四代将軍徳川家綱《いえつな》の弟で、甲府《こうふ》藩主徳川綱重《つなしげ》の子として生まれる。綱重が正室を娶《めと》る前の誕生であったため、家臣新見正信《にいみまさのぶ》のもとで育てられる。

寛文十年（一六七〇）、九歳のときに認知され、綱重の嗣子《しし》となり、元服後、綱豊《つなとよ》と名乗る。延《えん》宝《ぼう》六年（一六七八）の父綱重の逝去《せいきょ》を受け、十七歳で甲府藩主となる。将軍家綱が亡くなった際には、世継ぎとして候補に名があがったが、将軍の座には、叔父《おじ》の綱吉《つなよし》が就《つ》いた。

五代将軍綱吉も、嫡男《ちゃくなん》の早世《そうせい》や、長女鶴姫《つるひめ》の婿《むこ》である紀州《きしゅう》藩主徳川綱教《つなのり》の死去等で世継ぎに恵まれなかったため、宝永《ほうえい》元年（一七〇四）、綱豊が四十三歳のときに養嗣子となり、江戸城西ノ丸《にしのまる》に入り、名も家宣と改める。宝永六年（一七〇九）の綱吉の逝去にともない、四十八歳で第六代将軍に就任する。

将軍就任後は、生類憐《しょうるいあわれ》みの令をはじめとした、前政権で不評だった政策を次々と撤廃《てっぱい》。間部詮《まなべあき》房《ふさ》を側用人《そばようにん》として重用し、新井白石《あらいはくせき》の案を採用するなど、困窮《こんきゅう》にあえぐ庶民のため、政治の刷新をはかり、万民に歓迎される。正徳二年（一七一二）、五十一歳で亡くなったため、治世《ちせい》は三年あまりとごく短いものであったが、徳川将軍十五代の中でも一、二を争う名君であったと評されている。

新・浪人若さま 新見左近【十四】

乱《みだ》れ普請《ぶしん》

第一話　路地の女侍《おんなざむらい》

一

「特に大石内蔵助《おおいしくらのすけ》殿は、晴れ晴れとしたご様子だったそうにござりまする」

亡き藩主にかわり、吉良上野介《きらこうずけのすけ》を討ち取った忠臣四十六士は、預けられていた大名屋敷で切腹した。

命日は元禄《げんろく》十六年（一七〇三）二月四日。

二日前のことと知った新見左近《にいみさこん》は、知らせに戻った吉田小五郎《よしだこごろう》をねぎらい、下がらせた。

豪胆で、清々《すがすが》しい堀部安兵衛《ほりべやすべえ》。

思慮深く、こころ優しい奥田孫太夫《おくだまごだゆう》。

二人の友は、どのような気持ちでこの世を去ったのだろうか。

共に語り合い、酒を酌《く》み交《か》わした生前の二人の顔が目に浮かんだ左近は、寂しさが込み上げ、きつく目を閉じた。

月が替わり、桜が散る頃になっても、左近の気持ちは晴れなかった。それでも、藩主に休む暇《ひま》はない。間部詮房《まなべあきふさ》が持ってくる領地の統治に関わる書類は止まるどころか、日ごとに増していているのだ。

たった今も、文机《ふづくえ》に山と置いた間部が神妙な態度で頭を下げ、黙って手伝いをはじめた。

左近は黙然《もくねん》と書類に目を通し、ひとつひとつこなしてゆく。

夕方になってようやく、左近が最後の花押《かおう》を記したのを引き取った間部は、明日もお願いしますと声をかけ、自室に戻っていった。

茶菓《さか》を持ってきたおこんが、書類を抱えて廊下を歩く間部を不服そうに見送ると、左近の部屋に入った。

近頃元気がない左近を心配しているおこんは、顔色をうかがいながら、落雁《らくがん》の皿を置き、茶の湯呑《ゆの》みを載せている茶台を置く。

折敷《おしき》を胸に抱いたおこんは、湯呑みを取る左近を黙って見つめた。

手を止めた左近が、おこんと目を合わせるも、笑みは浮かばない。

普段ならば、気さくに声をかけてくれる左近だが、いくら待ってもそれはない。

自分でも言葉が見つからないおこんは、目を伏せて頭を下げ、廊下に下がり、そっと障子を閉めた。

左近を少しも休ませようとしない間部に腹が立ったおこんは、ぶつぶつと文句を言いながら廊下を歩いていた。

「お待ちなさい」

声をかけられて振り向くと、中廊下から皐月《さつき》が出てきた。

「何をそんなに怒って歩いているのです。行儀の悪い」

聞かれた己の迂闊《うかつ》さに、おこんは背中を丸める。

「背筋を伸ばしなさい」

「はい」

言われたとおりにすると、皐月が厳しい顔を近づけ、小声で告げる。

「間部殿が、どうかしたのですか」

おこんは、皐月ならなんとかしてくれるかもしれぬと期待し、隠さず気持ちを伝える。

「殿が気落ちされてらっしゃるというのに、間部様は気遣《きづか》いなく、次々と仕事を持ってまいられます。お辛《つら》そうな殿が気の毒です。間部様は鬼です」

左近に対する熱い気持ちがつい口に出てしまうおこんを、皐月は微笑《ほほえ》ましく見たものの、それは一瞬で、厳しく声を張る。

「浅はかな考えで、人を悪く言うものではありませぬ。間部殿は、殿を想うからこそ仕事を増やされているのがわからないのですか」

おこんは驚いた。

「どういうことでしょうか」

「間部殿が、殿を心配されておらぬわけがないでしょう。赤穂浪士《あこうろうし》ご切腹以来お元気がない殿の気持ちを紛《まぎ》らわせるために、あえて仕事を増やしておられるのです」

おこんは自分が恥ずかしくなり、折敷で顔を隠した。

「わたしが間違っておりました。申しわけございませぬ」

「わかればよろしい。さ、湯殿《ゆどの》の支度をしなさい」

「はい」

廊下を急ぐおこんを見送った皐月が、温かい眼差しに変わって去っていった。

二人から見えぬところで、出るに出られなくなっていた左近は、皆が気を使っているのを知り、書物を所蔵している部屋に行くのをやめて自室に戻った。

文机の前に座り、腕組みをする。

「殿、よろしいですかな」

「又兵衛《またべえ》か、入れ」

部屋の前で頭を下げた篠田山城守政頼《しのだやましろのかみまさより》が、おずおずと近づき、左近の前に正座した。

「堀部安兵衛殿のその後がわかりました。本懐《ほんかい》を遂《と》げられたお仲間と共に、泉岳寺《せんがくじ》に葬《ほうむ》られたそうです」

「主君浅野内匠頭《あさのたくみのかみ》殿のそばで眠るか」

「はい。巷《ちまた》では、忠臣の死を惜しむ声が広まっており、墓参りを望む者たちが絶《た》えぬそうです。また、芝居小屋では、赤穂浪士の仇討《あだう》ちを題材にしたと思われる物語が人を集めており、こちらも行列ができている模様です」

「死して、名を残したか」

安兵衛と孫太夫たちを想う左近は、いくぶんか気が晴れた。

そして数日後、友に別れを告げるべく、左近は泉岳寺に足を運んだ。

昨日の雨が嘘《うそ》のようによく晴れた昼過ぎ、本堂の左手にある墓地では、僧たちが墓参りに来た者たちの対応に追われていた。

老若男女の、武家と町人が入り交《ま》じった行列は山門《さんもん》まで続いている。

行列に並ぼうとしている左近に気づいた住持《じゅうじ》が、驚いた様子で歩み寄ってきた。皆の前で甲州《こうしゅう》様と口走りそうな慌《あわ》てようの住持に、左近は列を離れて近づく。

「今日は新見左近としてまいった。特別扱いは無用だ」

「は、はは」

頭を下げるのを止めた左近は、世間話をする体《てい》で行列に顔を向ける。

「話には聞いていたが、想像以上の人出だな」

「今日は、少ないほうです」

左近は驚いた。多い日は門前町まで行列ができるという。

主君と四十六士が眠る墓地があるあたりは、線香の青白い煙が風に流れ、香の匂いが境内《けいだい》に広がっている。

行列に並んだ左近は、半刻《はんとき》（約一時間）後に、ようやく墓地に入れた。

「やっとまいれた」

生前の姿を思い出しながら、友に語りかけた左近は、成仏《じょうぶつ》を願い念仏を唱《とな》え、寺をあとにした。

久しぶりにお琴《こと》の顔を見ようと、三島町《みしまちょう》に足を向ける。

商家が並ぶ神明前通《しんめいまえどお》りに入ると、お琴の店は相変わらずの盛況ぶりで、店の表に十人ほどが並び、順番を待っていた。

隣の菓子問屋亀甲堂《きっこうどう》の前まで続く行列を横目に歩んだ左近は、そっとお琴の店をうかがう。品を選ぶ女の客を相手にするおよねの明るい顔があり、養女のみさえが、別の客を相手にしているお琴に寄り添い、商売のやり方を学んでいる。

邪魔をせぬよう通り過ぎた左近は、小五郎の煮売り屋の暖簾《のれん》を潜《くぐ》った。

まだ客はいないだろうと思っていたが、小上がりに武家の後ろ姿があった。

若草色の着物と黒の帯を着けている姿に、左近は目を細める。

迎えに出たかえでに、小上がりを目線で示す。

応じたかえでは、知らせに向かった。

「殿がまいられました」

振り向いたのは、左近が思ったとおり、岩倉具家《いわくらともいえ》だった。

岩倉は微笑む。

「そろそろ現れる頃だろうと思うていたぞ」

するとかえでが、小声で左近に教える。

「毎日来られておりました」

聞こえた岩倉は空咳《からせき》をしてごまかし、向き合って座る左近に酒をすすめた。

酌《しゃく》を受けた左近に、岩倉は目を向ける。

「やつれた顔をしておるぞ」

酒を喉《のど》に流した左近は、返杯《へんぱい》しつつ言う。

「こたびは気落ちした。今、浪士たちの墓に参った帰りだ」

「あの列に並んだのか」

墓の様子を知っている岩倉に、左近はうなずく。

酒をすすめた岩倉が、目を見て告げる。

「助けられなかったと悔《く》やんでおるのかもしれぬが、綱吉《つなよし》に浪士たちの命乞《いのちご》いをしなくて正解だ。安兵衛殿と孫太夫殿は本懐を遂げ、今は人心を虜《とりこ》にしている。この先も語り継がれようから、これでよしとするべきではないか。おぬしが気を落としてどうする」

友の言葉に、左近はうなずく。

「今日は飲みたい気分だ。付き合《お》うてくれ」

「いいとも」

酒をすすめた岩倉は、空になったちろりをかえでに向ける。

「どんどん持ってまいれ」

左近の明るい顔を見て安堵《あんど》した様子のかえでは、笑顔で応じて板場に向かう。

皿を手に出てきた小五郎が、左近と岩倉の前に置いた。

「旬《しゅん》の桜鯛《さくらだい》が手に入りましたので、昆布締《こぶじ》めにいたしました」

喜ぶ岩倉は、ひと切れ口に運んで目を見開く。

「これは旨《うま》い。塩味が程よいな」

いつになく明るく接する岩倉も、己を案じてくれているのだと察した左近は、小五郎の鯛を口に運び、友に酒をすすめた。

二人で語り合い、夕方になって帰る岩倉を見送った左近は、裏からお琴の店に行き、縁側から座敷に上がった。

客の相手をするおよねの笑い声を聞きながら横になった左近は、腕枕をして庭を眺《なが》める。

足音に振り向くと、お琴が微笑み、そばに座った。

起き上がった左近は、そっと手をにぎった。

「顔を見たくなりまいった」

「ごゆっくりできるのですか」

「うむ」

そこへみさえが来て、明るい顔で頭を下げる。

両手を揃《そろ》える姿勢もよく、お琴の教えが、娘のためになっているようだ。

「みさえも、変わりないようだな」

「はい。母様」

「なあに」

「左近様はお酒をお召しのようですから、お水を持ってまいります」

そう言って立ち去るみさえに、左近はお琴と顔を見合わせて笑った。

「よう気が利く娘だ」

「頭がよい子です。算用を学ばせはじめたのですが、一度聞いたことは忘れません」

「それもあるやもしれぬが、そなたの教えがよいのだろう」

水を持って戻ったみさえに礼を言った左近は、冷たいのを飲み干し、一息ついた。

　店に戻る二人を見送った左近は、ふたたび横になり、店から聞こえる声と、こころが休まる部屋の香りに眠気を覚え、しばしの眠りに落ちた。

　夜になり、仕事から帰った権八《ごんぱち》とも酒を酌み交わし、五人で食事をした。

　酔った権八が切り出したのは、討ち入りを題材にした芝居のことだ。

「ご公儀の目を恐れて安兵衛の旦那たちの名はいっさい出ませんがね、話の筋がもう、評判になっていた吉良様への討ち入りそっくりで、あっしはもう、泣けて泣けて……」

　思い出して胸を詰まらせる権八に呆《あき》れたおよねが、背中をたたく。

「お前さん、仕事もしないで芝居を観に行ってたのかい」

　権八は洟《はな》をすすった。

「いいじゃねえか。普請《ふしん》は朝のうちに終わったからよ、大工仲間に誘われたんだ。左近の旦那、ほんとうに、吉良様は浅野の殿様をいじめ抜いたんですかい」

　左近は逆に大筋を問い、仇討ちにいたるまでの物語を聞いて驚いた。

「民が喜ぶよう筋立てされているが、真相は誰にもわからぬのだ」

「へえ、そうですかい」

「たとえ作りものであっても、皆が信ずればほんとうになる。史実というのは、そうやって後世に伝わるのかもしれぬな」

綱吉の悪評は、どのように後世に残るのだろうかと思った左近は、黙って聞き入っているみさえに微笑む。

お琴の促《うなが》しに応じたみさえは、止めていた箸《はし》を動かした。

左近は話題を変えた。

「そういえば、坂手文左衛門《さかてぶんざえもん》を覚えているか」

権八が身を乗り出す。

「忘れるわけありません。文左の旦那が、どうされたので？」

「こたび、藩の作事奉行《さくじぶぎょう》に任じたのだ。夏には、江戸に来るであろう」

権八は手を打ち鳴らした。

「やっぱりあっしの目に狂いはなかったでしょう。お武家の作事奉行といえば、大工の棟梁《とうりょう》みたいなものだ。江戸にお呼びになるということは、お屋敷の建替えでもなさるので？」

「いや、古くなったところを大がかりに修繕するだけだ」

「文左の旦那なら、間違いなくいい仕事をされますよ。へえ、会いたいな」

「折を見て、顔を出させよう」

「そいつは今から楽しみだ。三人で飲みやしょう」

およねが口を挟む。

「またお前さんは、すぐ酒の話に持っていくんだから。薬師《くすし》の先生から控えるように言われたの、忘れたのかい？」

背中を丸める権八に、左近が問う。

「どこか悪いのか」

権八が口を開く前に、およねが告げる。

「いえね、先日酔っ払ってお堀に落ちたから、控えないと死んじまうぞって、たまたま通りかかって助けてくださった先生に叱《しか》られたんですよう」

「およねが言うとおりだ。冷たい堀に落ちて命が助かったのは、運がよかったぞ」

権八は寂しそうに、ぼそりとこぼす。

「左近の旦那がこうして来てくだされば、まっすぐ帰るのですがね」

「では、今日はしっかり飲んで、明日からは控えることだ」

「ということは、お泊まりになるのは今夜だけってことですかい？」

「また近いうちに来る。さ、もう一杯」

酌をしてやると、権八は嬉しそうに応じて目尻を下げ、ぐいっと飲み干した。

二

翌朝左近は、新井白石《あらいはくせき》の私塾へ行くべく大川《おおかわ》に向かっていた。

近道を選び、人がやっとすれ違えるほどの狭い路地に入ると、前から子供を抱いた女が来た。表情にまだ幼《おさな》さが残り、子供を産む年頃には見えぬため、どこかに奉公して子守をしているのだろうか。

そう思いつつ歩いていると、左近に気づいた女が立ち止まって、道を譲る姿勢を取る。

左近は、着物の袖《そで》や宝刀安綱《やすつな》が当たらぬよう用心して歩みを進めるのだが、後ろから走ってくる者がいたので振り向いた。

総髪《そうはつ》を束《たば》ねた若い侍は後ろを気にしてばかりで、ろくに前を見ずに向かってくる。

このままでは子を抱いた女にぶつかると思った左近は、男に向けて声を張る。

「おい、前を見ろ」

男は驚いて前を見たのだが、ちょうど隙間《すきま》ができていたどぶ板に足を取られ、左近に頭から突っ込むかたちになった。

「危ない」

抱きとめた左近は、柔らかな胸の膨《ふく》らみを腕に感じて驚いた。

男装をした女だったのだ。

恥じらうような表情をした女は左近から一歩下がり、頭を下げて走り去る。

すると、子を抱いていた女が、路地に落ちていた紙縒《こよ》りを拾い上げ、不安の色を浮かべながら左近に差し出した。

「大丈夫でしょうか」

受け取って見ると、小さな字で、お逃げください、と書かれてある。

「おい、こっちだ」

背後でした声に左近が顔を向けると、表通りにいるあるじ持ちの風体《ふうてい》をした侍が仲間を呼び、路地に入ってきた。

左近たちがいるのに気づいた先頭の男が、頑固そうな口元を引き結んで歩み寄ると、声をかけてきた。

「おぬしら、髪をひとつに束ねた若侍を見なかったか」

居丈高《いたけだか》な物言いをする男に、左近は子を抱いた女が答える前に応じる。

「白地に黒の碁盤格子《ごばんごうし》の着物に、黒の袴《はかま》を着けた若侍のことか」

男は、明るい表情をする。

「そうだ、見たか」

「その若侍ならば、先ほど表の通りで追い抜かれ、まっすぐ海のほうへ走っていったぞ」

「おい、大通りへ戻れ」

男は左近に礼も言わず引き返し、左近が示したとおりの方角へ走っていく。

左近が子を抱いた女を見ると、恐れた様子で頭を下げ、来た道を引き返した。

左近は女のあとに続いて路地を進む。紙縒りを袖に入れ、追われている女のことが気になりつつ路地を歩んだ左近は、堀川のほとりへ出て、子を抱いた女とは違う道に進み、あたりを捜した。だが、どこにも姿はなく、そのまま両国橋《りょうごくばし》の方角へ足を向けた。

武家屋敷の漆喰塀《しっくいべい》に挟まれた道の先は開けており、抜ければ大川のほとりだ。

時々後ろを確認しながら歩いていた左近が前を向いた時、右の路地から旅の商人風の身なりをした男が出てきた。

大川のほうへ行こうとするのだが、右にふらついて塀にもたれかかったかと思うと、足の力が抜けたように両膝《りようひざ》をつき、そのままうつ伏せに倒れた。

左近が駆け寄ると、覆面を着けた三人の侍が路地から出てきた。

倒れた男を助けようとしていた左近に対し、大声をあげる。

「構うな。こ奴は盗《ぬす》っ人《と》だ。関わりない者は去れ」

三人に囲まれた左近は、一歩も引かぬ。

「顔を隠す者の言葉は信用できぬ」

そう言うと、侍たちは舌打ちをして刀を抜いた。

「退《の》かぬなら斬るぞ！」

左近は応じて鯉口《こいぐち》を切る。

「引かせたいなら、覆面を取って名乗れ」

覆面の奥にある目に怒気《どき》を込めた一人が、気合をかけて斬りかかってくる。

左近は安綱を抜いて刀を弾《はじ》き上げ、返す刀で顔面に振り下ろす。

すぱっと覆面の布が斬られた曲者《くせもの》は、目を見張って下がる。

そこへ小五郎が加わると、左近の背後を取っていた曲者が気づいて刀を向ける。

顔を見られまいとした曲者が袖で顔を隠して下がり、二人に引けと声をかけて走り去った。

左近が倒れている男に歩み寄る。

呻《うめ》いている男は、右肩から脇腹にかけて背中を斬られており、紺《こん》の着物が血で黒く染まっている。

傷口からは絶えず血が出ており、見るからに重傷だ。

「おい、気をしっかり持て。今助けるぞ」

左近が声をかけ、小五郎に人を呼ぶよう告げる。

男は左近の腕をつかみ、

「大丈夫です」

力なく告げると、痛みに耐えて立ち去ろうとしたのだが、激痛に呻いて倒れ込み、そのまま気を失った。

「わたしが連れていきます」

小五郎が男の腕を取って起こし、肩に担《かつ》ぎ上げる。

左近は、この近くにある船宿《ふなやど》に助けを求めようと告げ、先に立って向かった。

大川のほとりに出ると、五軒並ぶうちの、もっとも近い船宿に駆け込んだ左近は、店の者に怪我人《けがにん》のことを告げて、医者を呼ぶよう頼んだ。

だが、対応した番頭が、申しわけなさそうにする。

「あいにく、先生はつい先ほど舟を雇われ、品川《しながわ》へ発《た》たれました」

今日は帰らないと言う番頭に、左近は告げる。

「では、横になれる場所を貸してくれ。迷惑はかけぬ」

左近は懐《ふところ》から小判を一枚取り出して、番頭の前に置いた。

手に取った番頭からむしるように奪い取った女将《おかみ》が、愛想《あいそ》よく左近に頭を下げる。

「怪我人を見捨てちゃあ、うちの看板に傷がつくってものですよ。どうぞ、お上がりください」

小判を胸元に入れた女将が、小柄な身体で小五郎に手を貸して案内したのは、帳場の奥にある六畳ほどの広さの板の間だった。

何も置かれていない板の間は、苔《こけ》むした中庭に面した、静かな場所だ。

小五郎を待たせて一旦出ていった女将が、程なく布団を抱えて戻り、惜しげもなく敷いてくれる。

「ここにどうぞ」

応じた小五郎は男をうつ伏せに寝かせ、傷を診《み》て左近に言う。

「わたしが血止めをします。女将、焼酎《しょうちゅう》と晒《さらし》をたくさん持ってきてください。

すみませんが、布団を汚します」

「いいんですよう」

女将は急ぎ支度に走る。

小五郎が焼酎を傷口にかけても、気を失っている男はぴくりとも動かない。

血止めをしながら、小五郎が左近に告げる。

「幸い急所ははずれていますが、出血が多いため油断はできませぬ」

晒を傷に当てると、意識を取り戻した男が、激痛に苦しんだ。

暴れるのを左近が押さえ、小五郎が猿ぐつわを嚙《か》ませる。

「辛いでしょうが、耐えてください」

小五郎が手当てをしているあいだ、男は猿ぐつわを嚙みながら必死にこらえていたが、手当てを終えたあとも、息を荒くして顔を歪《ゆが》めている。

激痛に苦しむ男を落ち着かせるために、小五郎は懐から印籠《いんろう》を取り出し、黒くて小さな丸薬を差し出した。

「眠り薬です。これを飲めば眠れますから、痛みに苦しまずにすみます」

応じた男は三粒口に含むと、小五郎が口元に向けた湯吞みの水で飲み込んだ。

「かたじけない」

商人風の身なりをしているが、男はどうやら武家のようだ。

左近が小五郎に言う。

「念のため、東洋《とうよう》に血を増やす薬を出してもらおう」

「承知しました」

小五郎はすぐに、上野北大門町《うえのきただいもんちょう》へ走った。

左近が見守るうちに眠り薬が効いてきた男は、意識が朦朧《もうろう》とする中、眉間《みけん》に皺《しわ》を寄せ、息を荒くしている。

「お嬢様……」

苦しそうに声を出すと、お逃げください、と続けた。

そばにいた左近は、男が現れたのが、逃げる女と出会った場所に近いのを思い出し、袖から紙縒りを取り出して見つめた。

これを渡したのは、この男かもしれぬ。

女との繋《つな》がりを案じながら看病をしているあいだに、西川《にしかわ》東洋と小五郎が板の間に入ってきた。

町駕籠《まちかご》を走らせてきたという東洋が、左近と場所をかわって男の脈を取り、小五郎にうなずく。

「傷の手当てがよかったのでしょう。脈は少々弱いですが、薬を飲めば命は助かります」

そう告げた東洋は、赤い丸薬を取り出し、男の口に含ませた。無意識のうちに飲み込むのを見て、東洋はうなずく。

襲った者たちがあるじ持ちにしか思えない左近は、何かよからぬ事態になっているに違いないと推測し、男が目をさますのを待つことにした。

女将は迷惑そうな顔をするどころか、にぎり飯と味噌汁《みそしる》を出してくれ、歩けるようになるまでいてもいいと言う。

奉公人たちには、大きな声を出さぬよう言いつけるなど、親身になってくれている。

東洋は一刻（約二時間）置きに脈を確かめ、落ち着いてきたのに安堵している。

手当てと薬が功《こう》を奏《そう》し、一命を取《と》り留めた男は、夕方になって目をさました。

起きた直後は不思議そうな顔で部屋を見ていたが、左近が声をかけると、ここに来た経緯《いきさつ》を思い出したらしく、感謝の意を示した。

名乗りもせず恐縮する男に、左近が問う。

「そなたを襲ったのは何者だ」

「知りませぬ。ただの、物取りではないかと……」

そう答えた男は両手を布団につき、起きようとした。

東洋が首を押さえて声を張る。

「動いてはならん」

「行かなくてはならぬのです」

焦《あせ》る男に、左近が紙縒りを見せた。

「これを持っていた者が気になるのか」

男は絶句し、左近の腕をつかむ。

「どこでそれを手に入れた」

手に力を込め、必死の形相《ぎようそう》をする男に、左近は紙縒りをにぎらせた。

「逃げるのに必死でおれに気づくのが遅れて、路地でぶつかったのだ。その時に落としていった」

「追っ手から無事逃げましたか」

「おれが追っ手らしき武家の者を別の道に導いたが、そのあとどうなったかはわからぬ」

男は苦悶《くもん》の表情で目をつむり、行かねば、と言葉を吐き、また起きようとする。

止めた左近が言う。

「おなごの顔を知っておるゆえ、かわりに捜そう。その前に、事情を話してみぬか」

男は驚いた顔で左近と目を合わせた。

「おなごだと、どうして知っているのです」

「申したであろう。狭い路地でぶつかった時にわかった」

胸に触れたとは言わぬ左近に、男は疑いの眼差しを向ける。

「見ず知らずのお方には明かせませぬ」

「では、捜さなくてよいのか」

みたび起きようとして背中の激痛に呻いた男は、うつ伏せに戻り、左近の目を見る。

「捜していただけますか」

「いいだろう。立ち寄りそうな場所を教えてくれ」

男はためらいながら少し考えたが、意を決した面持《おもも》ちで応じた。

女が立ち寄りそうな先として男が一軒の旅籠《はたご》の名と共に告げたのは、下総岡谷《しもうさおかや》藩《はん》三万石、矢上《やがみ》家の上屋敷だった。

左近は小五郎と目を合わせ、男に問う。

「そなたとおなごは、岡谷藩の者なのか」

「詳しい話はできませぬ。ここにお連れくだされば、いくらでも礼金をお渡ししますから、一刻も早くお捜しください」

「では、せめて名を教えてくれ」

「杏花《きょうか》様です」

主従関係なのだろうか。

重傷を負わされた男のことを思うと、女の身を案じずにはいられぬ左近は、小五郎を警固《けいご》に残し一人で船宿を出た。

三

名も知らぬ社《やしろ》の裏に隠れ、日が暮れるのを待っていた杏花は、頃合いを見て境内から出ると、夜道を急いだ。

頬《ほお》に冷たい雨粒が落ち、杏花は空を見上げる。次第に雨足が強まり、町家の屋根に雨音が響く。

杏花と同じ年頃の女が二人、袖で頭を隠しながら小走りで来て、

「ああ、やだ」

「せっかく結《ゆ》ってもらったのに」

髪を濡らすまいと焦り、すれ違ってゆく。

目もくれず先を急ぐ杏花は、日本橋北《にほんばしきた》の住吉町《すみよしちょう》に到着すると、周囲への警戒を強めた。

雨のせいで人は歩いておらず、商家の明かりが、雨に霞《かす》む通りをおぼろげに映《うつ》している。

ずぶ濡れの杏花は、胸に隠し持っている密書が油紙に包まれているのを確かめ、通りを進む。

潜伏《せんぷく》していた旅籠に供の者から紙縒りが届き、急ぎ逃げたものの、父から託された密命を成《な》し遂《と》げる決意をして、危険を承知でこの町へ来たのだ。

杏花は、矢上家重臣の一人である、香取興正《かとりおきまさ》の娘である。

父興正が、江戸の藩邸にいる若き藩主、矢上肥後守勝重《ひごのかみかつしげ》を暗殺するくわだてについて書かれた密書を手に入れたのは偶然だった。

領内で見慣れぬ商人風の者が何やら怪《あや》しい動きをしているとの知らせを受け、興正の手の者が駆けつけたところ、商人風は慌てて遁走《とんそう》し、その際に密書が忍ばされた風呂敷包《ふろしきづつ》みを落としていったのだ。

密書は、勝重の叔父《おじ》で国家老の矢上正智《まさとも》に宛《あ》てて書かれており、記された中身から、首謀者《しゅぼうしゃ》である正智が江戸藩邸に送り込んでいる間者《かんじゃ》が記したものだと思われた。

杏花はこの密書を、藩主勝重に届けようとしている。

突然訪れた藩の危地を救うべく、父興正は、武芸に優《すぐ》れた杏花に藩の行く末を託していたのだ。

雨に煙《けぶ》る町中を抜け、堀端の道を前に立ち止まった杏花は、商家の角から顔を出し、左側を確かめた。

堀端にある辻灯籠《つじどうろう》の明かりが届く範囲に、怪しい人影はない。

藩邸は右側にある。

遠目にうかがうと、表門の前にある灯籠に明かりが灯《とも》され、門番の姿はない。

静かすぎる。

いやな予感が脳裏《のうり》をかすめるも、ここまで来て逃げるわけにはいかない。

表門までは、ざっと二町（約二百二十メートル）余り。あと一息走れば到着できる。

大きく息を吸って心身を落ち着かせた杏花は、帯に落としている大刀の鍔《つば》を左の親指で押さえ、右手は胸の密書を守りながら、通りに出て走った。

濡れた袴が足に重くまとわりつく。

あと少し。

息が切れ、歯を食いしばって走る杏花は、門を目前にして立ち止まった。石畳の向こうにある灯籠の明かりの中に、五人の男たちが走りくるのが見えたからだ。

気づいた杏花は引き返そうとしたが、三人の男に退路を塞《ふさ》がれた。

待ち伏せされていたのだ。

侍どもを睨《にら》んだ杏花は、背中を藩邸の長屋塀に向けて下がり、鯉口を切る。

「勝重様に会わせぬつもりか」

答えぬ曲者どもは一斉に抜刀《ばっとう》し、一人が気合をかけて斬りかかってきた。

刀を抜いて受け流した杏花は、稽古《けいこ》で鍛えたとおりに左足を斜め前に出して刀身を転じ、

「えいっ！」

斬りかかってきた相手が防御の姿勢を取る前に、右腹に打ち下ろした。

確かな手ごたえがあるも、杏花は呻き声を聞くのみで、前から斬りかかった別

の侍の袈裟《けさ》斬《ぎ》りをかわすのがやっとだった。

「やあっ！」

気合と共に真横に一閃《いっせん》された一太刀《ひとたち》が、杏花の着物の袖を裂く。

塀際に下がった杏花に迫る一人が、鋭い突きを繰り出す。

杏花は左に転じてかわし、切っ先が漆喰塀に突き刺さった相手の肩を斬り、包囲が崩れた隙間から走って逃げた。

手負いの二人を残した侍たちが追う。

足には自信がある杏花は、明かりがある通りを必死に駆け抜ける。

「待て！」

「追え、逃がすな！」

町家のあいだに怒号《どごう》が響き、杏花に遅れずついてくるのは三人だけになった。

このままでは追いつかれる。

後ろを見てそう感じた杏花は、左に曲がって堀端を離れ、次の四辻《よつじ》を右に折れた。

三人は追って通りに入り、立ち止まった。

狭い通りの近くに明かりはなく、遠くにぽつりと辻灯籠があるだけだ。その明かりに、逃げる杏花の影は映っていない。

「どこに行った」

「近くにいるはずだ、捜せ」

「待て、迂闊に動くな」

一人が通りへ戻ると、遅れて来た者に明かりを持てと命じた。

そのあいだも、二人はあたりを捜している。

曲がってすぐのところにある二軒の商家のあいだの狭い路地の入口で立ち止まった二人は、暗闇の中に物音を聞いて顔を見合わせた。

程なく、松明《たいまつ》を持った仲間が来て、路地を照らす。

明かりを受け、二つの目が金色に光った。出てきた黒猫が走り去るのを見た二人は、舌打ちする。

この時杏花は、商家が並ぶ通りに置かれていた天水桶《てんすいおけ》に身を隠していた。

路地を探る追っ手をそっとうかがい、今のうちに逃げようとした目の前に、刀の切っ先が突きつけられた。一人の追っ手が、足音を忍ばせて近づいていたのだ。

「いたぞ！」

大音声《だいおんじょう》に応じて、五人の男が走ってくる。

追い詰められた杏花は、覆面を着けた男を睨む。

切っ先を突きつけた男が告げる。

「刀を捨てろ。我らは、国家老の手の者だ。おとなしく従えば命までは取らぬ」

唇《くちびる》を嚙みしめた杏花は、あきらめたと見せかけ、刀を打ち払った。

「やあっ！」

気合をかけて横に一閃し、刀を正眼《せいがん》に構えて下がる。

背後に回られ、逃げ道を絶たれた。

杏花は刃《やいば》を振るって押し通ろうとするも、受け止められ、鍔《つば》迫《ぜ》り合《あ》いの力に負けて商家の壁に押しつけられた。

左右から曲者どもが迫り、腕を取られてしまった。

刀を奪われ、壁に押しつけられて身動きができぬ杏花は、放せと叫んだ。

人が出てくるのを嫌った頭目《とうもく》らしき者が命じる。

「国家老に逆らうとどうなるか、思い知らせてやれ」

冷静な声に応じた曲者の一人が、刀を逆手ににぎりなおし、柄頭《つかがしら》で腹を突いた。

息ができなくなった杏花は、苦しみのあまり膝を折る。

倒れるのを受け止めて担ぎ上げられたが、杏花はどうすることもできず、意識が遠のいてゆく。

周囲で怒号が響いたのは、その時だ。

いきなり地に落とされた杏花は、その衝撃で我に返り、腹の激痛に呻いた。

曲者が持つ明かりの中に、見覚えのある藤色の着物を着た浪人の姿があった。

曲者の一人が浪人に斬りかかるも、浪人の刀身が明かりにきらめいた刹那《せつな》、曲者の手から刀が飛ばされ、商家の壁に突き刺さった。

「引け！」

頭目が敵《かな》わぬ相手と知るや声を張り、自ら先頭に立って逃げてゆく。

捨てられた松明が、地面で弱々しく燃えている。

いつの間にか、雨は上がっていた。

湿った地面に手をついて立ち上がろうとした杏花は、鳩尾《みぞおち》の痛みに顔を歪めて咳《せ》き込んだ。

手を差し伸べてくれた浪人に、杏花は恐縮する。

「お助けくださり、かたじけのうございます。朝は、ご無礼いたしました」

「杏花殿だな」

優しい声に、杏花は目を見張る。

「どうして、わたくしの名をご存じなのです」

「おれは新見左近だ。そなたと路地で出会ったのも、何かの縁であろう」

警戒の色を浮かべる杏花に、左近は微笑む。

「紙縒りを拾ったのだ。そして、その紙縒りを送った者に、そなたを捜すようにと雇われた」

杏花は動揺した。

「東五《とうご》は無事ですか」

「東五殿と申すのか。名乗らぬゆえ、よほどのことと思うていた」

杏花に手を貸して立ち上がらせた左近は、歩けるか問う。

はいと応じた杏花は、消えかけている松明を拾い、左近に真顔を向けた。

「東五は、今どうしているのです」

「斬られて深手《ふかで》を負ったものの、幸い命に別状はないゆえ安心しろ」

ほっと息をついて安堵する杏花に、左近は続ける。

「今の連中に命を狙われているなら、力になろう。いったい、何が起きているのだ」

杏花は左近に告げる。

「わたくしは、下総岡谷藩矢上家年寄《としより》、香取興正の娘です。そなた様を雇った者は、父の側近の一人で、名を船井《ふない》東五と申します。これ以上は、藩のことゆえ申せませぬ。どうか、東五をよろしくお願い申します」

頭を下げた杏花は、この場を立ち去ろうとする。

左近は、松明をつかんで止めた。

「藩邸にゆくのか」

「父から命じられていることを果たさねばなりませぬ」

松明から手を離して行こうとする杏花の右腕を左近がつかむ。

「待ちなさい。藩内で揉《も》めごとがあるなら、順序を踏まえて行かねば、目的を果たす前に捕らえられる恐れがある」

杏花は右腕を引くも、離さぬ左近に厳しい目を向ける。

「浪人に何がわかる……」

吐き捨てるようにつぶやいたが、唇を嚙みながら目を伏せた。

「言いすぎました。お許しください」

あやまった杏花は、左近と目を合わさぬまま続ける。

「日を改めますから、手をお離しください」

左近は腕をつかんだまま離さない。杏花が左腕に傷を負っていたからだ。

松明を持たせた左近は、斬り割られている杏花の左袖を開き、傷を確かめた。

「幸い傷は浅いようだが、手当てをしにまいろう」

そう告げた左近は、杏花の着物の袖を上げ、懐紙《かいし》を傷口に当てた。

「船井殿のところに医者がおるから、安心しなさい」

うなずいた杏花は、自分で懐紙を押さえ、左近に素直に従った。

通りを歩きはじめた左近は、背後の気配を察し、三辻《みつつじ》を左に曲がった。

杏花の腕を引いていた左近は、振り向きざまに小柄《こづか》を投げ打つ。

商家の角から顔を出していた曲者は、目の前の柱に突き刺さった小柄に息を呑《の》み、身を引く。

左近は松明を水たまりに捨て、杏花を連れて暗闇に紛れた。

四

「お嬢様、お怪我をなされたのですか」

杏花の顔を見た東五は安堵しつつも、腕の傷を心配する。

「ただのかすり傷です」

杏花は笑みを浮かべて安心させようとするも、東五は、傷の手当てをしている東洋に問う。

「先生、傷痕《きずあと》が残りますか。どうか、残らぬように手当てをしてください」

東洋は不機嫌さを顔に出す。

「そのように心配するなら、そもそも危ない橋を渡らせねばよいではないか。父親もどうかしておる。腕はともかくじゃ、そなた、息が苦しそうじゃが、腹でも痛いのか」

東洋に顔をじっと見られた杏花は、目を伏せる。

「ここを、刀の柄で打たれました」

鳩尾を押さえる杏花に、東洋は憤慨する。

「おなごの大事な腹を痛めつけるとは、けしからぬ者どもじゃ。横になりなさい」

言われるまま素直に横になった杏花は、着物の上から触診《しょくしん》され、痛いところで歯を食いしばった。

顔色を見ていた東洋が、袴の紐《ひも》を解いてゆるめ、楽になったかと問う。

はいと応じる杏花に、東洋は微笑む。

「臓腑《ぞうふ》は傷ついておらぬから、しばらくは締めつけずに過ごしなさい。そのうち治る」

　親身になってくれる東洋に、杏花は気を許したらしく、表情が穏やかになった。

　東五が左近に礼を言い、枕元に畳《たた》んである着物に手を伸ばすと、巾着《きんちゃく》を取り出した。

「この中から、好きなだけお取りください」

　左近は受け取らず、二人の顔を見る。

「金はよい。それより、藩で何が起きているのか話してみぬか」

　東五は口を引き結び、目をそらす。

　起きて正座した杏花が、袴の紐をゆるめに結び、左近と目を合わせる。

「どうしてお節介《せっかい》を焼きたがるのです」

　いささか迷惑そうに言う杏花に対し、小五郎が身分を明かそうとする。

　左近が手で制し、穏やかな面持ちで答える。

「藩の重臣である父親が、娘に命がけの役目を命じるとは、よほどのことであろう。命がけで果たそうとするそなたの忠義に、胸を打たれたからだ」

「他家のことです」

「わかっている。主君のために命をかけた友を、喪《うしな》ったばかりだからであろう」

左近がぼそりとこぼすと、杏花はじっと顔を見てきた。

「主君のために、お命を……」

どうやら二人とも、赤穂浪士の話を知らぬようだ。

左近が真顔でうなずくと、杏花は表情を暗くして下を向いた。

やはり聞けぬかと思った左近だったが、

「藩主暗殺の、陰謀があるのです」

杏花は重い口を開いた。

「お嬢様……」

素性《すじよう》が知れぬ者に話すのを心配する東五に、杏花は告げる。

「新見殿が助けてくださらなければ、わたくしは今頃、敵の手に落ちていました。そなたが手負いの今、頼れるのはこのお方しかおりませぬ」

「不覚を取り、申しわけござりませぬ」

心苦しそうな東五の手を取った杏花は、責めてはいないと優しく告げ、改めて左近に向く。

「まことに、力を貸していただけますか」

「微力ながら、できることはいたそう」

意を決した面持ちでうなずいた杏花は、藩で起きていることを話しはじめた。

「殿の叔父であり、岡谷藩国家老の矢上正智が、近いうちに江戸家老として着任するため、殿の命が危ないのです。わたくしの父が謀反《むほん》について記された密書を手に入れました。わたくしはなんとしても殿に拝謁《はいえつ》し、密書を渡さなくてはならぬのです」

「密書を持っているのか」

「ここに」

胸元を押さえる杏花は、藩主を救いたいという熱き思いに満ちた表情をしている。

「見せてくれぬか」

左近の言葉に、杏花は戸惑いの色を浮かべたものの、素直に差し出した。

上屋敷で動いている間者が正智に送った密書に目を通した左近は、毒殺の二文字に目をとめた。

「藩侯は、国家老に毒を盛られたのか」

「上屋敷で何が起きているのかは、今のわたくしにはわかりませぬ」

左近は顔に出さぬが、内心困惑し、にわかには信じられぬ思いだった。

先代藩主勝臣《かつおみ》が存命の頃は、弟の正智と兄弟仲がよく、お国の民のために共に励《はげ》んでいたからだ。

勝臣が亡くなってからこの六年のあいだに、跡を継いだ勝重と正智のあいだで何があったのか。

勝重とも幾度か言葉を交わしたことがある左近は、国家老の叔父を頼っているとも聞いていただけに、何か裏があるように思えてならなくなる。

東五を襲った曲者も、杏花を襲った者どもも、左近が少し相手をしただけであっさり引き下がったのも、妙に思えてくる。

まだ何ごとか秘めているのか、こちらをうかがうような眼差しを向ける杏花と目が合った左近は、密書を畳み油紙に包んだ。

「藩邸に国家老の手の者がおるなら、正面から行けば潰される。この密書、預からせてくれぬか」

杏花は動揺した。

「どうする気です」

「案ずるな。そなたが無茶をせぬために預かるだけだ。藩侯に手渡すには、知恵を絞《しぼ》る必要がある。おれの知り合いにやんごとなき人物がおるゆえ、その筋を当たってみよう」

「そのお方は、何者ですか」

「ここでは言えぬが、藩侯の敵ではないのは確かだ」

己の身分を明かさぬままの左近は、黙って考える杏花の答えを待った。

東五は心配そうだが、杏花は、命を救われたことが大きいのだろう。左近にまっすぐな目を向け、頭を下げた。

「ご迷惑をおかけしますが、どうか、殿にお目通りできるようお計らいください」

「承知した」

「されど、密書は父から託された大切な物。他人様《ひとさま》にお預けするわけにはまいりませぬ。どうか、お返しください」

「早まらぬと、約束できるか」

「はい」

左近は応じて、密書を差し出した。

懐に入れた杏花が、ふたたび頭を下げる。

楽にするよう告げた左近は、東洋に訊《き》く。

「ここは見つかる恐れがある。東五殿を動かせぬか」

「今はなりませぬ。せめて、五日は安静が必要です」

「そうか。今の話を聞いておったな」

毒の件を暗に確かめる左近に、東洋はうなずく。

左近は二人を東洋にまかせ、小五郎と目を合わせて顎《あご》を引く。

応じた小五郎は、外に出る左近についてくる。

人気《ひとけ》がない川端に立った左近は、小五郎に胸の内を明かした。

「肥後守勝重殿が正室を亡くしたのは、二年前か」

「はい」

「当時、後添えの件で、叔父の正智殿と意見が合わなかったとも聞いておる。不仲になっておるかも含め、矢上家の内情を探ってくれ」

「承知いたしました」

小五郎は応じて問う。

「殿は、いかがなさりますか」

「二人のそばにおる。又兵衛と間部に伝えてくれ」

「はは」

頭を下げて去る小五郎を見送った左近は、船宿に戻り、改めて看板を見上げた。

「川端屋《かわばたや》か」

場所そのままの名だと思った左近は、中に入って一度表の気配を探り、怪しい影がないのを確かめて戸を閉めた。

部屋に戻ると、東五の看病をしていた杏花が、頭を下げて桶の水を替えに出ていった。

そこへ、店の番頭が来た。

「岡谷藩の御目付役《おめつけやく》とおっしゃる方が、火急の知らせがあるとのことです」

「不覚を取ったか」

左近が行こうとした時、声を聞いて戻った杏花が、番頭に問う。

「名乗りましたか」

「いえ。御目付役としかおっしゃいませんでした」

杏花は左近を見る。

「跡をつけられたのでしょうか」

うなずいた左近は告げる。

「ここは、会《お》うてみよう。相手が何を言うか、探るのもよいだろう」

「はい」

左近は東洋に油断するなと言い残し、杏花と共に番頭に続いた。

船宿の帳場の前で立っていた男は、穏やかな表情で頭を下げる。

「それがしは、江戸藩邸で目付役をしておる蓮池《はすいけ》と申す。先ほど藩邸の表では、危ないところでしたな」

じっと目を向けられた杏花は、警戒する面持ちで黙っている。

左近は疑念をぶつける。

「御目付役ならば、何ゆえ止めに入らなかった」

蓮池は申しわけなさそうな顔をした。

「当家に関わりのない者たちが争っているのだと思い込み、静観しておったのだ。しかしながら、怪我をした者を放ってはおけず出てみれば、逃げようとしたので取り押さえたところ、国家老矢上正智様ご家中の者であった。それゆえ、急ぎそなたを捜していたところ、お二人が立ち去るのを見かけてあとを追ってまいったのだ」

蓮池は杏花を見つめる。

「正智様には、謀反の疑いがある。その正智様の手の者に襲われたそなたは、藩邸に何をしにまいった。もしや、国許《くにもと》で何かあったのか」

「……………」

しゃべるのをためらう杏花に、蓮池は詰め寄らんばかりに言う。

「頼む、正直に答えてくれ。正智様謀反の証《あかし》を届けようとしたのがばれて、襲われたのではないのか」

杏花は三《み》つ指《ゆび》をつき、頭を下げた。

「お許しください。わたくしは、何も申せませぬ」

蓮池は驚いた。

「そなた、女か」

「はい」

蓮池は困ったような息を吐き、眉尻《まゆじり》を下げて左近を見る。

「貴殿は、国許の者か」

「いや。縁あって、金で雇われた」

「用心棒か……」

何も知らぬと思ったのだろう、蓮池は杏花に目を向ける。

「それがしは、正智様の謀反を未然に防ごうとされている安見帯頼《やすみたてより》様の下で動いておるのだ」

杏花は顔を上げた。

「江戸家老が、謀反のたくらみに気づいておられるのですか」

「そうだ、それがしは敵ではない。安心してくれ。そなたは誰の手の者で、何をしようとしておるのだ」

「お許しくださいさい。今は何も申せませぬ。お味方とおっしゃるならば、殿に拝謁できるよう、お計らいくださいさい」

蓮池は肩を落とした。

「できればそうしてやりたいが、今のそれがしには無理だ」

左近が口を挟む。

「江戸家老に口添えすれば叶《かな》おう」

首を横に振った蓮池は、悔しそうな顔をする。

「ご家老は殿に、正智様に謀反の動きありと訴えられたが、我が叔父を疑うとは何ごとかと逆鱗《げきりん》に触れてしまい、ひと月前から、役宅を一歩も出ておられぬのだ」

「蟄居《ちっきょ》させられたと申すか」

左近の問いに、蓮池はうなずいた。

杏花は驚き、希望を失ったように下を向いた。

それを見て、蓮池が言う。

「まだあきらめるのは早い。正智様謀反の証があれば、ご家老は命を賭《と》して動かれるはず。証があるのかないのかだけでも、教えてくれぬか」

「ございます」

杏花は懐から密書を取り出し、蓮池の手の届かぬ場所で開いてみせた。

蓮池は手を伸ばしたが、杏花が引く。

「そのまま目をお通しください」

「疑い深いのは、よいことだ」

そう言って目を走らせた蓮池は、安堵した顔をする。

「これを、どうやって手に入れた」

「領内で怪しい動きをする商人風がいるとの報を受け、父の手の者が追いましたところ、逃げる際に風呂敷包みごと落としていきました」

蓮池は探る目を向ける。

「そなたは、誰の娘だ」

「申し遅れました……」

杏花の身分を知った蓮池は、頭を下げた。そして、頼もしそうな顔をして言う。

「そなたのおかげで、動かぬ証を手に入れられた。正智様の手の者は、それを取り上げようとして襲ったのだな」

「そうに違いありませぬ」

「ならば、殿に近づけぬそれがしが受け取っても意味がない。また、ご家老が渡されても、蟄居を逃れるための偽物《にせもの》であろうと、殿はお信じあそばすまい」

杏花は不安そうな顔をした。

「わたくしがゆけば、お信じくださりましょうか」

「殿のご信頼が厚い香取殿のご息女《そくじょ》ならば、偽《いつわ》りだとは申されまい。なんとか、そなたの手から渡せるよう、ご家老と相談してみよう。毒殺をたくらんでおるなら、時がない。急ぎ迎えにまいるゆえ、それまでは、決して証の品を奪われぬよう頼む」

「承知しました。心強い限りです」

「うむ」

蓮池は左近に頭を下げる。

「それがしからも頼む。この者を守ってくれ」

「それはよいが、どのように動くつもりだ」

「藩邸は、ほぼ正智様の手中にあるも同然。ここは慎重に考える」

近いうちに必ず迎えに来ると言い置いて、蓮池は帰っていった。

慎重な左近は、蓮池を信じていない。

だが今は、跡をつけさせる者がおらぬため、小五郎が戻るのを待つしかない。

「東五殿のところへ戻ろう」

左近が促すと、杏花は応じて部屋に戻り、心配していた東五に、味方だったと告げて蓮池の話をし、安心させた。

五

小五郎が岡谷藩の上屋敷を探る手段に選んだのは、煮売り屋の屋台だった。

杏花が近づいただけで襲われたため、守りが堅いと予測しての行動だ。

翌日かえでと二人、夫婦で商《あきな》いをする体《てい》で夕方に藩邸のそばに行き、辻番《つじばん》の者に袖《そで》の下《した》をにぎらせ、表門が望める場所に陣取《じんど》った。

夜はまだ冷えるとあって、煮物の匂いに誘われた中間《ちゅうげん》たちが集まり、熱々のこんにゃくや蓮根《れんこん》、味がよく染みた大根を前にして喜んでいる。

小五郎とかえでは、愛想笑いをして商売をするいっぽうで、中間たちが交わす会話の内容を一言も逃さず聞いている。

どこそこの茶店の看板娘が器量よしだの、先日行った飯屋の婆さんは手が震えて、汁物を運ぶ際にこぼしたなど、市中の他愛のない話ばかりだ。

屋台ではろくな話が聞けぬかと思った小五郎とかえでだったが、交代で来た二人の中間が、深刻そうな顔で相談ごとをはじめた。

明かりが届く範囲で長床几《ながしょうぎ》を屋台から少し離して腰かけた二人は、小五郎とかえでに聞こえぬよう小声で話しているつもりだろうが、甲州忍者として鍛えている二人には筒《つつ》抜《ぬ》けだ。

杏花に関わる内容かと小五郎は期待するも、聞こえてくるのは直属の上役の悪口だけだった。

不当な扱いを受けているらしいが、小五郎にとってはどうでもいいことだ。

「やはり、忍び込んで探る手を考えよう」

かえでにそう告げた時、表門の前に町駕籠が止まった。

誰が来たのか目を光らせていると、しころ頭巾《ずきん》で顔を隠し、羽織袴《はおりはかま》を着けた男が表門から出てきた。

「まずい」

煮物の味のことかと思いむっとした小五郎が中間を見ると、二人は器《うつわ》と箸を持ったまま、身を隠す場所を探して屋台に駆け寄りしゃがみ込んだ。

かえでが煮売り屋の女房然として問う。

「お二人とも、慌ててどうなさったんですよう」

一人が口に指を当てる。

「しいっ、江戸家老様のお出ましだ」

「怠《なま》けていると思われたら、追い出されちまう」

もう一人がそう言って、首を伸ばすようにして駕籠を見ている。

付き人を伴《ともな》う町駕籠がこちらに来ると、二人は身を縮めてやりすごした。

小五郎は、江戸家老の手の者が左近と接触したことは知らなかったのだが、夜《よ》更《ふ》けに出かける重臣の行動を把握《はあく》するため、かえでに目配せをする。

顎を引いたかえでが、中間の目を盗んで去り、闇に紛れた。

無事にやりすごしたことで安堵した中間が、小五郎に言う。

「大将、酒はあるか」

「ございますが、よろしいので？」

「いいさ。おれたちはもう寝るだけだからな」

「お役目が終わってらっしゃるのに、ずいぶんご家老様を恐れてらっしゃいますね。そんなにお厳しいのですか」

「腹の虫の居所次第だ」

「そうそう。今や誰が殿様かわからぬほど、威張《いば》り散らしていやがる」

「殿様がお若いから、言いなりなのさ」

二人は内緒だぞと笑い、長床几に腰かけて煮物を食べはじめた。

小五郎は、湯からちろりを取り上げ持っていく。

酌をしながら、二人に問う。

「屋台を出す前に、辻番の人から気をつけるよう言われたのですが、昨日の夜ここで騒ぎがあったのですか」

中間の一人が、遠くにある明かりを見て鼻筋に皺を寄せる。

「よく知らないが、国家老の手の者が誰かと揉めたらしいな。このあたりはいつもは静かなもんだから、あの辻番も、昨日まで誰も外に立っていなかったんだぜ。いい迷惑だと思っているだろうさ」

小五郎は恐れるふりをしながら酒を注ぐ。

「藩内で、揉めごとがおありなのですか」

するともう一人の中間が、渋い顔を向ける。

「ここで商売をしたいなら、余計な詮索《せんさく》はよせ。おれたちはまだいいが、江戸家老の耳に入れれば、捕らえられるぞ」

「くわばらくわばら」

小五郎は中間に頭を下げ、折よく来た客の相手をしに戻った。

江戸家老の安見を乗せた駕籠が止まったのは、日本橋にある料理茶屋だ。

中に入るのを見届けたかえでは、建物を見て唇を嚙む。屋根にはうだつが上がり、両隣の商家と隙間なく建てられているため、手の者が守る表から忍び込む余地がなく、大きく迂回《うかい》して裏に回ってみる。

裏手にも、浪人らしき者が二人立っていた。

誰と会っているのか探ろうにも、中に入れない。

そこでかえでは、浪人が江戸家老と会っている者の用心棒だと睨み、この者たちを見張ることにした。

一刻も経《た》たぬうちに裏の木戸が開けられ、店の男が声をかけると、用心棒どもは中に入った。

かえでは表に戻り、目立たぬところから店を見張る。すると、江戸家老が町駕籠に乗って帰ってゆき、別の町駕籠が横付けした。

江戸家老に続くようにして店から出てきたのは、恰幅《かっぷく》がいい商家のあるじ風の男だ。その後ろに、裏を守っていた用心棒の二人が続き、駕籠を守った。

かえでは、この者が相手だと確信し、駕籠を追う。すると、蔵前《くらまえ》の店の表に横付けし、奉公人たちの出迎えを受けて中に入った。

看板には下総屋《しもうさや》と書かれている。米問屋だが、国の名を屋号にしているところを見ると、岡谷藩の御用達《ごようたし》だと思われた。

どこにでもある造りの商家で、外を見張る者もおらぬため、かえでは難なく忍び込み、探りを入れた。

座敷で番頭と向き合うあるじは、茶漬《ちゃづ》けを食べながら話をしている。

「旦那様、いかがでございましたか」

心配する番頭に、あるじは茶漬けをすすって答える。

「安見様は、すべて手はずを整えたとおっしゃった。あとは、例の密書を持った娘を殿様の御前に召し出せば、国家老は終わりだそうだ」

「そうなれば、下総屋も安泰《あんたい》ですね。おめでとうございます」

「喜ぶのはまだ早いぞ。国家老は気づいておらぬようだが、油断は禁物だと言いつけられている。国家老の手の者が動いておるはずだともおっしゃったから、安見様から吉報が届くまで、わたしたちの命を繋げる帳簿が敵の手に渡らないよう、用心しないといけないよ」

「承知しました。先生方にも、外の見廻りを怠《おこた》らぬよう伝えます」

屋根裏に潜《ひそ》み、会話の内容をつぶさに聞き取ったかえでは、用心棒たちに見つからぬよう用心しつつ、あるじの行動を探った。そして、下総屋が守る物のありかを確かめたかえでは、小五郎に知らせるべく抜け出し、夜道を急いだ。

六

その後も調べを続けていた小五郎とかえでが川端屋に揃ったのは、左近が泊まり込んで四日目の夜中だ。

話を聞いた左近は、蟄居しているはずの江戸家老が出歩いているのを知り、考えをめぐらせた。

「目付役の蓮池が、偽りを申したか」

小五郎が口を開く。

「江戸家老が密《ひそ》かに会うておりましたのは、米問屋のあるじ、与七郎《よしちろう》にございます。杏花殿を訪ね偽りを申したのも、よからぬくわだての一端ではないでしょうか」

左近はうなずく。

「となると、杏花殿が携《たずさ》えている密書は、江戸家老の謀略による物のような気がしてならぬ」

小五郎の背後に控えているかえでが告げる。

「下総屋は、密書が藩侯の手に渡れば、国家老は終わりだと申しておりました。明朝にも、迎えが来るそうです」

杏花と東五の耳に入らぬよう廊下に立っていた左近は、夜空を見上げる。

「何か裏があるのは間違いない。江戸家老の迎えに応じて藩邸に入る杏花殿の用心棒として、余《よ》もついてまいろう」

小五郎が、待ってましたとばかりに左近を見上げる。

「朝まで時がありませぬ。お指図を」

小五郎が言わんとしていることを理解している左近は、顎を引く。

頭を下げた小五郎とかえでは、早々に立ち去った。

左近は、女将が空けてくれた六畳間に戻り、眠っている東洋の隣に敷かれている布団に横になった。

東五と杏花がいる板の間は、襖《ふすま》一枚を隔《へだ》てているのみ。

起きている様子はなく、静かなものだ。

小五郎たちとの会話を聞かれてはいないと安堵した左近は、まんじりともせず朝を待った。

庭に気配がしたのは、空が白みはじめた頃だ。

東洋を起こさぬよう廊下に出た左近の前で、かえでが片膝をついている。黙って差し出したのは、与七郎が守らんとしていた下総屋の帳簿であった。

かえでが言う。

「この中に、すべての証となる数字が記されてございます」

まだ薄暗い廊下では読めぬため、かえでは左近に近づき、詳細を耳元で告げた。

すべてを聞き終えた左近は、江戸家老の使いが来るまで待てと命じ、板の間の前で声をかける。

「杏花殿、よろしいか」

「しばしお待ちを」

衣擦《きぬず》れの音がして程なく、杏花の許しが来る。

障子を開けると、杏花は身なりを整え、東五の横に正座していた。

杏花が使っていた布団は、すでにきちんと畳まれている。

左近は向き合って座し、杏花の顔を見て告げる。

「お節介だと言われるかもしれぬが、藩のことを勝手に調べた」

杏花は驚いた。

「何をしたのです」

「蟄居させられた江戸家老が心配だったのだ。だが安心しろ。どうやら江戸家老は、本日そなたを、藩侯に目通りさせるらしい」

「それはまことですか」

明るい顔をする杏花に、左近はうなずく。

「とはいえ、またいつ刺客が現れるかわからぬ。そこで、藩邸にゆく時は、おれも用心棒としてお供いたそう」

杏花は首を横に振る。

「江戸家老がお味方してくださいますから、もう安心です。これ以上ご迷惑はかけられませせぬ」

「乗りかかった船だ、遠慮はいらぬ。無事藩侯に謀反の証を渡すまで、見届けさせてくれ」

東五は、ためらって返事をしない杏花を横目に必死な面持ちで言う。

「新見殿、お願いいたす。どうかそれがしにかわって、お嬢様をお守りくだされ」

「東五、勝手に何を……」

「お嬢様、本来それがしがお守りせねばなりませぬのに、このとおり動けませぬ。新見殿の剣の腕があれば千人力を得たようなもの。どうか、同道をお受け入れくだされ」

懇願《こんがん》する東五を見つめた杏花は、左近に向く。

「わかりました。されど、わたくしのために命を落としてはなりませぬ。これだけは、お約束ください」

己の身を案じる杏花の優しいこころに触れた左近は、微笑んでうなずく。

女将が出してくれた朝餉《あさげ》をすませて身支度を整えていると、かえでが告げたとおり、蓮池が川端屋に足を運んできた。

左近は、かえでを下総屋に走らせ、杏花と共に表に出た。

待っていた蓮池は、安堵の色を浮かべる。

「新見殿、貴殿も来てくださるのか」

「またいつ、国家老の手の者が現れるかわからぬゆえ、杏花殿をお守りいたす」

「それは心強い限り。では、まいりましょう」

蓮池は先に出ていった。

杏花は左近を見ると小さく顎を引き、女将に東五を頼むと告げてあとに続く。

「新見様、お気をつけて」

女将の気遣いに応じた左近は、蓮池と杏花のあいだに進み、周囲を警戒しながら通りを歩いた。

人出が多い日中に襲ってくる者はおらず、無事藩邸に入った。杏花のそばから離れぬ左近に、藩士たちは鋭い眼差しを向けてくる。

謀反をたくらむ者の息がかかっておるのだろう。

そう思った左近は、杏花を襲った者がこの中の誰かだと警戒しつつ、蓮池についてゆく。

杏花は御殿に上がるのを許されず、蓮池は表の庭に案内した。

手入れが行き届き、築山《つきやま》が美しい庭だ。

敷石を歩く蓮池に杏花と左近が続く。

御殿の雨戸はすべて開けられ、磨き抜かれた長い廊下を右側に見つつ進むと、襖に描かれた虎が睨みを利かせる座敷の前を通り過ぎ、書院の間の表に連れていかれた。

「ここで待たれよ」

蓮池が示したのは、薄茶色の砂利《じゃり》が敷き詰められた場所だ。

廊下を馬廻衆《うままわりしゅう》と思《おぼ》しき二人の藩士が歩いてきて、濡《ぬ》れ縁《えん》に正座して座敷を守る。

蓮池が座敷に向いて片膝をつく。

程なく、廊下の奥で咳払《せきばら》いの声がして、紋付《もんつき》の茶羽織《ちゃばおり》と、灰色の袴を着けた男が歩いてきた。

蓮池が江戸家老だと教えると、男装の杏花は砂利に正座し、両手をついて頭を下げた。

狡猾《こうかつ》そうな顔つきの安見は、左近に厳しい表情を向ける。

左近は片膝をつき、目線を下げた。

馬廻衆の背後に正座した安見は、じっと左近を見ていたが、蓮池から用心棒だと告げられて鷹揚《おうよう》にうなずくと、杏花に声をかけた。

「そのほうのことは、蓮池から聞いておる。殿がお出ましになられる前に、今一度確かめたい。国家老正智様の謀反の証は、まことにあるのだな」

杏花は胸に手を添えた。

「ここにございます」

安見は微笑む。

「うむ。では、先日命を狙われたことを含め、ここに来るまでの険しい道のりを、殿にすべてお話しいたせ。そなたの苦労は、必ずや報《むく》われるであろう。香取家の手柄じゃ」

「おそれいりまする」

安見が左近に目を向ける。

「そこな浪人、杏花が危ういところをよう守ってくれた。わしからも礼を申すぞ。ことが終われば、殿から褒美《ほうび》が出る。楽しみにしておれ」

「かたじけのうござる」

慇懃《いんぎん》に応《こた》える左近に、安見は満足そうにうなずく。

そこへ、藩主お出ましの声がかかった。

一同平伏《へいふく》して迎える中、左近は廊下に目を向けている。

出てきた藩主肥後守勝重の姿に、左近は目を見張った。

小姓《こしょう》に両脇を支えられ、歩くのもやっとの様子の勝重は、顔色が優れず、目の下にはくまが浮いており、息をするのも苦しそうだ。

座敷に入り、茵《しとね》に座して脇息《きょうそく》にもたれかかった勝重が、左近に顔を向けた。

目を伏せる左近の正体に気づかぬ勝重は、平伏している杏花を見つめる。

「皆の者、面《おもて》を上げよ」

応じて一同が顔を上げる中、杏花は口に手を当て、藩主の様子に息を呑む。

勝重が、わずかに表情を穏やかにした。

「そのほうが、興正の娘か」

「杏花にございます」

ふたたび頭を下げる杏花に、安見が告げる。

「見てのとおり、殿は毒に当たり、一昨日《おととい》からご体調を崩されておる。毒を盛った侍女《じじょ》には逃げられてしもうたが、気づくのと手当てが早かったおかげで、幸い一命を取り留められた。杏花、殿のお命を奪おうとしたのが誰なのか、そなたの口から申し上げよ」

応じた杏花は、懐から油紙の包みを出そうとした。

「待ちなさい」

止める左近に、杏花は不思議そうな顔を向ける。

左近は立ち上がり、安見を見据《みす》える。

「杏花殿が携えておる密書は、国家老を陥《おとしい》れんとするそのほうが、筋書きどおりに運ばせたものであろう」

杏花は左近に驚きの目を向けたが、何も口にしない。

安見は鼻で笑った。

「浪人風情《ふぜい》が、何を血迷うたことを申すか。殿、戯《ざ》れ言《ごと》に耳を貸してはなりませぬぞ」

勝重は安見を見つめて何かを言おうとしたが、激しく咳き込んだ。

安見が杏花を急《せ》かす。

「何をしておる。早う、謀反の証をお渡ししろ」

杏花が立つのを止めた左近は、勝重に告げる。

「これより、真の不忠者が誰であるか、証をお見せいたす。小五郎、これへ」

左近が声をかけると、庭に小五郎とかえでが現れた。縄を打たれた下総屋与七郎を連れているのを見た安見が、うろたえて目を見開く。

「貴様ら、どうやって入った」

小五郎が安見に告げる。

「門を守る者たちには、眠ってもらった」

この時、門を守る中間や藩士たちは、小五郎の配下たちによって気絶させられており、手足を縛られていた。

小五郎が下総屋に顔を向け、安見に告げる。

「この者が、おぬしの悪事をすべて白状した。証の日記もある」

かえでが、深緑《ふかみどり》の表紙の日記帳を開き、左近に差し出した。

目を通した左近は、安見に厳しい目を向ける。

「ここに、そのほうの指図で働いた悪事がすべて記してある。毒も、杏花殿が持つ密書の中身を揺るぎなき事実にするために、下総屋が送り込んだ侍女に盛らせたと書いておるぞ」

安見に睨まれた下総屋は、恐れた顔を背《そむ》ける。

小五郎が言う。

「おぬしに口封じされそうになった時のために、書き残しておったそうだ。藩の年貢米を横流しして私腹を肥《こ》やしていたばかりか、目障《めざわ》りな国家老が江戸に呼ばれたと知ったおぬしは、謀反人の汚名を着せて始末しようとしていた。米の横流しの証拠も、ここにある」

白表紙の帳面を見せられた安見は、憎々しげな顔で小五郎を睨み、左近に鋭い目を向ける。

「殿、騙《だま》されてはなりませぬ。この者どもは国家老の手の者です。杏花の父親に密書を奪われたと知り、それがしに罪を着せようとしておるのです」

「いいえ。国家老様にご謀反の疑いはありませぬ」

声を張ったのは杏花だ。

安見が、角ばった顔を紅潮《こうちょう》させてぎょろ目を向ける。

「そのほう、血迷うたか」

杏花は懐から取り出した油紙の包みを捨て、さらにもうひとつを取り出し、勝重に見せる。

「ここに、我が父興正が米の流れを調べ、江戸家老の悪事の証拠をまとめた物がございます」

「これへ持て」

勝重が小姓に命じると、安見が焦った。

「殿、騙されてはなりませぬぞ！　蓮池、この者どもを斬れ！」

応じた蓮池が、呼子《よびこ》を吹いた。

廊下の奥から、襷《たすき》がけをした藩士が十数名走り出て、左近と小五郎たちを取り囲む。

「殿のお命を狙う謀反人の手先を斬れ」

蓮池の声に応じた藩士たちが抜刀するのを見たかえでが、左近の背後を守り、腰の帯結びに忍ばせている小太刀《こだち》を抜いて、逆手に構える。

左近は、杏花に害が及ばぬよう、小五郎に顎を引く。

応じた小五郎は杏花を守り、勝重に告げる。

「肥後守殿、ご家来をお下がらせくだされ。甲府徳川《こうふとくがわ》家のあるじに刃を向けさせてはなりませぬ」

勝重は驚き、左近を見た。

左近が真顔で告げる。

「勝重殿、家臣の悪事に気づかぬようでは、勝臣殿が泣いておられるぞ」

「甲州様……」

勝重が毒に侵《おか》された身体を押して庭に下りようとしたのだが、めまいがしたらしく廊下にくずおれ、その場で平伏した。

その横で安見は恐怖に満ちた顔をして、呆然《ぼうぜん》と立ちすくんでいる。

大半の藩士たちは刀を背後に隠して平伏したが、蓮池をはじめ、安見の手下になり下がっている五人の男が刀を構え、殺気を帯《お》びた顔を左近に向けている。

さらに、屋敷内に潜んでいた五人が出てきて、刀を抜いた。

左近は、そのうちの一人に目をとめた。顔に見覚えがあるからだ。

「そのほう、杏花殿を追っていた者か。国家老の手の者の仕業《しわざ》と見せかけるため、あえて殺さぬよう襲うたのだな」

男は返事をするかわりに気合をかけ、左近に斬りかかってきた。

安綱を抜きざまに相手の刀身を弾き上げた左近は、返す刀で小手を斬る。

深手を負って呻いた男が刀を落とし、手首を押さえて下がった。

安綱の刀身を立てて八双《はっそう》に構えた左近は、迫ろうとする者どもを剣気で制す。

「勝重殿に忠義を尽くす者は引け。手向かう者は、葵一刀流《あおいいっとうりゅう》が斬る」

応じぬ蓮池が気合をかけ、右側から斬りかかった。

袈裟斬りに打ち下ろされる一刀を引いてかわした左近は、空振りから刀身を転じて横に振るわんとした蓮池の肩を斬り、正面から幹竹割《からたけわ》りに斬り下ろしてきた藩士の刀を弾き上げ、太腿《ふともも》を斬った。

倒れる相手を見もせぬ左近は、安見に顔を向ける。

左近の背後に迫る藩士の前に立ちはだかったかえでが、袈裟斬りを小太刀で受け流し、首に刃をぴたりと当てた。

かえでに鋭い目を向けられた藩士が恐怖に満ちた顔をし、刀を捨てた。

逃げようとした下総屋与七郎を見たかえでが、手裏剣を投げ打つ。

太腿に突き刺さった下総屋は悲鳴をあげて倒れ、抜くに抜けぬ手裏剣の周りを押さえて呻いている。

藩主勝重が気力を振り絞って立ち上がり、声を張った。

「何をしておるか。安見を捕らえよ。甲州様に刃を向けてはならぬ！」

座敷を守っていた小姓が安見に飛びかかって取り押さえ、馬廻衆は、左近に刃を向けている者どもを囲んで刀を打ち落とし、腕を取ってうつ伏せに押さえつけた。

勝重は庭に下りて左近の前にゆき、平伏して詫《わ》びる。

「甲州様、このような醜態《しゅうたい》をさらしてしまい、まことに申しわけありませぬ」

杏花が勝重の後ろで両手をついた。

「これまでの数々のご無礼を、お許しください」

安綱を懐紙で拭《ぬぐ》い鞘《さや》に納《おさ》めた左近は、勝重を楽にさせ、杏花に微笑む。

「身分を明かしておれば、そなたは余を頼らなかったであろう。それゆえ黙っておったのだから気にするな。江戸家老の陰謀を見抜いたそなたの父は、あっぱれであるぞ」

「甲州様のお助けあってのこと。謹《つつし》んでお礼申し上げまする」

頭を下げる杏花に微笑んだ左近は、勝重の腕を取って立たせ、縁側に腰かけさせた。

「小五郎、解毒薬《げどくやく》を」

下総屋与七郎から毒の種類を聞き出していた小五郎は、赤い丸薬を勝重に差し出した。

「甲州者の解毒薬です」

「ありがたい」

口に含んだ勝重は、小五郎が差し出す竹筒《たけづつ》の水で飲み込み、安堵の息を吐いた。

「今日のことは、余の胸に秘めておく」

そう告げた左近は、養生《ようじょう》するよう言葉をかけ、二人の前から立ち去った。

後日、総登城の日に本丸御殿に上がった左近は、玄関に入ろうとして声をかけられ、足を止めて振り向いた。

若者らしく輝きのある笑みを浮かべて歩み寄るのは、裃《かみしも》を着けた勝重だ。

「甲州様、その節はお助けくださり、感謝してもしきれませぬ。藩をお救いくだされたご恩は、一生忘れませぬ」

「その件を口にするのは、ここだけにするのだぞ」

「はい」

「顔色がよいな。息災《そくさい》で何よりだ」

「おそれいりまする」

「杏花殿は、国許へ戻ったのか」

左近の問いに、勝重は顔を赤らめた。

「昨日、父親と共に上屋敷に入りましてございます」

恥ずかしそうに述べる顔色を見ていた左近は、ずばり問うた。

「そばに置くか」

勝重ははにかみながら答える。

「いずれ、そのつもりです」

「勇気と才知を持つ杏花殿ならば、そなたの力になってくれよう」

「はは」

嬉しそうに頭を下げる勝重に微笑んだ左近は、晴れ晴れとした気分で玄関へ入った。

第二話　乱《みだ》れ普請《ぶしん》

一

　元禄十六年六月――。

　梅雨《つゆ》が明け、うだるような暑さの中、坂手文左衛門が桜田《さくらだ》の甲府藩邸に到着した。

　かつて、権八と大工仕事をしていた文左衛門が、このたび甲府藩の作事奉行として藩邸の大がかりな修繕の指揮を執《と》る大役を命じられて、出府《しゅっぷ》したのだ。

「暑い中、ご苦労であった」

　書院の間で再会した新見左近は、平伏《へいふく》する文左衛門に面《おもて》を上げさせ、懐かしい顔に目を細める。

　日に焼けて浅黒く、よい具合に歳を重ねている文左衛門は、たたずまいに武士としての渋さを備え、紺《こん》の着物の袖《そで》から出ている腕は、動かせばたくましい肉の筋が浮く。

様子を見た左近が告げる。

「剣の腕も、上げたようだな」

文左衛門は目尻に皺《しわ》を寄せ白い歯を見せた。

「普請場《ふしんば》を駆けずり回っておりますから、身体だけは丈夫なのです」

「静《しず》殿は息災《そくさい》か」

「はい、おかげさまで。甲府の水が妻に合いましたようで、五人の子宝に恵まれました」

文左衛門は嬉しそうに、長女は十六歳になり、次女は十五歳、三女が十四歳、四女が十二歳、そしてやっと恵まれた長男が十歳になったと報告した。

左近は自分のことのように喜ぶ。

「家族で楽しくしておるのは、何よりだ」

「まったくうらやましい」

そう口を挟むのは、共に聞いていた又兵衛だ。

「殿のお世継ぎはいつになるのやら」

返答に困った様子の文左衛門は、左近を見てばつが悪そうな顔をした。

左近が苦笑まじりに告げる。

「又兵衛、文左衛門はな、大工の腕もさることながら、かつて余《よ》が手強い刺客に命を狙われた際は、一騎当千《いっきとうせん》の強さで守ってくれた、頼もしい男だ」

話題を変える左近に流された又兵衛は、文左衛門を見る。

「今日初めて会《お》うた時、かなりの遣《つか》い手《て》だと感じておりました」

文左衛門は恐縮してかぶりを振る。

「それがしこそ、殿に助けられました。そのご恩に報《むく》いるべく、日々励《はげ》んでおりまする」

「うむ、よいこころがけじゃ。明日からのお役目、しかと頼みますぞ」

満足した又兵衛は、左近に向く。

「殿、そろそろお出かけになりませぬと……」

「うむ。文左衛門、上様に召されたゆえ、ちと城に上がらねばならぬ。夕餉《ゆうげ》は共にいたそう。それまでゆっくり休んでくれ」

文左衛門は平伏して左近を見送り、小姓に案内されて、屋敷内の役宅に入った。

広い敷地の西側にある役宅は、板塀で囲まれ、小さな庭もある。

甲府で与えられている屋敷よりは小さいが、一人暮らしには十分な広さだ。

世話をしてくれる下男下女も与えられ、明日からの役目に集中できそうだ。

しばらく旅の疲れを癒《い》やした文左衛門は、城から戻った左近と、久しぶりに夕餉を共にした。

文左衛門はこれまで、左近の様子をまったく知らなかったわけではないものの、西ノ丸《にしのまる》での暮らしや、相変わらず市中に出て民を救っている話を聞くと、そばに仕《つか》えたいと思うのだった。

一番の驚きは、お琴が養女を取ったことだ。

なりゆきでそうなったと左近は笑っているが、お琴が養女を置いて御殿に入るわけもない。

又兵衛が子宝をうらやましがったのは、このことがあったからかと気づいた文左衛門は、左近の寂しさを思いながら、苦い酒を飲んだ。

御殿の修繕をまかされた文左衛門は張り切り、翌日は朝早くから動いた。

修繕箇所は、屋根瓦《やねがわら》の葺《ふ》き替《か》えと、漆喰壁《しっくいかべ》の塗り替えをはじめ、御殿の他にも、藩士たちが使う長屋塀の漆喰が古くなり剝《は》がれ落ちたところがあるため、腐った柱などを含め、大規模な手入れが必要だ。

念入りな下準備をしなければ、予算は膨《ふく》らむばかりだ。

文左衛門はまず御殿の屋根に上がり、必要な瓦の枚数を出すところからはじめた。

町家の屋根とはわけが違う。広くて瓦の数が膨大《ぼうだい》なのはもちろんのこと、下から見ただけでは傷《いた》んでいるようには見えないが、ひびが入った瓦も多く、棟瓦《むねがわら》にいたっては、はずれて落ちそうになっているところもある。

屋根の端に下りてみれば、長年の風雨にさらされて屋根板が腐ってしまった場所もあり、張り替えが必要なようだ。

丸一日かけて修繕箇所を見て回った文左衛門は、二日目からは、甲府から呼び寄せている城を修繕する大工の棟梁《とうりよう》とその弟子たちと共に協議を重ね、必要な材料と日程を細かく決めていった。

そして十日後の朝、久しぶりに出かけた左近が、お琴の店から戻るのを待っていた文左衛門は、間部に呼ばれ、座敷におもむいた。

文机《ふづくえ》に山と積まれた書類を見た文左衛門は、藩主の務めも楽ではなさそうだと思いつつ頭を下げる。

「お邪魔をいたします」

間部から前もって聞いていた左近は、書類を置いて膝《ひざ》を転じる。

「どのような具合だ。近頃地震が多いが、影響を受けているか」

「御殿の屋根は、瓦が割れた箇所がいくつかあり、雨が浸《し》みてしまっているところがございます。小さな揺れで壁が剝がれ落ちてしまったのは、古くなっておったせいで、柱自体はびくともしておらず、問題はございませぬ。ただ、屋根瓦は葺き替えの時期でございますから大がかりになり、すべての修繕を終えるのは、一年はかかる見通しにございます」

「修繕を怠《おこた》れば、建物の寿命が短くなる。酔うた権八の口癖のひとつだ」

そう言って笑った左近は、間部に告げる。

「文左衛門が望むままにできるよう計らえ」

「はは。承知いたしました」

「文左衛門、今日は権八が休みだそうだ。会いたがっておったぞ。修繕がはじまれば忙しくなろうから、支度のめどが立った今のうちにゆくがよい」

文左衛門は喜んだ。

「ありがとうございます。では、昼から行かせていただきます」

「うむ」

間部と共に書類仕事に戻る左近に頭を下げた文左衛門は、大工たちのもとに戻り、修繕について殿のお許しが出たと告げ、待たせていた商人たちには、材料の搬入《はんにゅう》を急ぐよう命じた。

傷んだ箇所の取り壊しは、二日後からはじまる。

束《つか》の間の暇《ひま》をもらった文左衛門は、昼過ぎに藩邸を出た。

江戸の町並みは変わっていない場所もあるが、覚えがあった商家がなくなり、新しく建て替えられているところも少なくない。

火事が多いせいだと思いつつ文左衛門は歩き、別の通りへ入った。

相変わらず人が多く、やはり甲府とは違って町がにぎやかだと感心しながら歩いていた文左衛門は、普請途中の新築の商家を見ながら足を進めていたのだが、ふと立ち止まった。

柱を見て、手抜きがあるのを一目で見抜いた文左衛門は表情を一変させ、働く大工たちに鋭い眼差しを向けて歩み寄る。

「ここを仕切っているのは誰だ」

鉋《かんな》で角材を削っていた三十代の大工が、青髭《あおひげ》の顔に不安の色を浮かべ、手を止めて応じる。

「お武家様、棟梁にご用ですか」

「ちと話がある。ここに呼んでくれ」

へいと応じた大工が、普請場の中に向けて声を張る。

「棟梁、出てきておくんなさい！」

「この忙しいのになんだ」

だみ声がして、すでに打ちつけられている壁板の向こうから背の低い男が出てきた。

がっしりとした体格の四十代の男が、ひょいと地べたに跳び下りて歩み寄り、紋付《もんつき》の着物に袴《はかま》を穿《は》いた文左衛門がいるのに気づいて、会釈《えしゃく》をする。

その後ろに続いて出てきた若い手代風《てだいふう》の男が、明るい面持《おもも》ちで文左衛門に頭を下げた。

鉋《かんな》を持った大工が言う。

「こちらのお武家様が、棟梁にお話があるそうです」

棟梁は頬被《ほおかぶ》りを取り、角ばった顔に愛想《あいそ》笑いを浮かべて腰を低くした。

「あっしに何か」

文左衛門は名乗らず、今まさに、壁板を打ちつけている大工を指差して厳しい顔で口を開く。

「まさか、このまま壁板で塞《ふさ》ぐつもりではあるまいな」

すると棟梁は、態度を一変させて表情を険しくした。

「旦那、何がおっしゃりたいのです？」

「いいから答えなさい。このまま壁を仕上げるのか」

「ええ、そうですとも。それがどうしたっておっしゃるので？」

「この建物は手抜きだ。これでは、小さな地震でも倒れてしまう。悪いことは言わぬ、初めからやりなおせ」

手抜きと聞いて、手代風の男が歩み寄る。

「お武家様、手前はこの店に奉公する手代の市助《いちすけ》にございます」

「ちょうどよい。あるじを呼びなさい」

「今ここにはおりませぬから、呼んで……」

「待ちな市助さん」

棟梁が止め、文左衛門に向く。

「何を言い出すかと思えば……」

鼻で笑った棟梁は、手を止めて聞いている大工たちに向かって怒鳴る。

「おい、仕事をしろ。急げ！」

壁板を打ちつける大工に歩み寄った文左衛門は、金槌《かなづち》を持つ腕をつかんで止め、板を剥がした。

「てめえ！　何しやがる！」

怒鳴る棟梁がつかみかかるのを受け止めた文左衛門は、言い合いをしたあげくに、腕《うで》っ節《ぷし》に自信がある棟梁に顔を殴られ、頭に血がのぼった。

黙って大小の刀を鞘《さや》ごと帯から抜いた文左衛門は、おろおろしている市助の胸に押しつけて振り向く。

「おい棟梁」

「なんでい！」

「何をするか！」

怒鳴った文左衛門がつかみかかるも、棟梁も力が強く、取っ組み合いになり、止めに入った大工たちも巻き込んで、大騒ぎになった。

「大変だ……」

怪我人《けがにん》が出れば、新しい店に縁起が悪いと言って焦《あせ》った市助は、番屋《ばんや》に急いだ。

呑気《のんき》に町役人《ちょうやくにん》と談笑していた北町《きたまち》奉行所の同心《どうしん》が、大小の刀を抱いて駆け込んだ市助の慌《あわ》てぶりを見て立ち上がる。

「おい、何ごとだ」

「喧嘩《けんか》です」

このままでは死人が出ると言ったものだから、同心は町役人たちを連れて走った。

地べたに組み伏せられ、肘《ひじ》の関節を極《き》められた棟梁が悲鳴をあげている。その周りで、大工たちが顔や腹を押さえて苦しんでいるのを見た同心は、十手《じって》を抜き、今にも棟梁の腕をへし折りそうな勢いの文左衛門の背後に駆け寄る。

いきなり首の後ろに衝撃が走った文左衛門は、うっと呻《うめ》き、気を失った。

同心が棟梁に十手を向ける。

「天下の往来で大喧嘩とは何ごとだ！　奉行所に引っ立てる。神妙にいたせ！」

棟梁は目を白黒させ、這《は》いつくばった。

「旦那、勘弁してください。このお侍はむちゃくちゃだ。どうかしちまってますよ。あっしらは真面目に仕事をしていたってのに、手抜きだのなんのと難癖をつけて、銭を取ろうとしたんですから」

「なんだと？　おい、市助、ほんとうか」

市助が答えようとするのを、他の大工が口を挟む。

「市助さんはお役人を呼びに行ったんで、聞いちゃいませんよ。旦那、とんでもねぇお侍ですから、目をさます前に縄を打たないと、また暴れ出しますぜ」

痛めつけられている五人を見た同心は、己の御用聞《ごようき》きに命じて文左衛門に縄をかけさせると、自身番《じしんばん》まで運ばせた。

意識を取り戻した文左衛門は、板の間で手足を縛られ、身動きを封じられているのに驚いて身を起こした。

隣の板の間で車座《くるまざ》になっている三人に声をかける。

「ここはどこだ」

年長の町役人が答える。

「自身番ですよ」

「縄を解け」

年長の町役人が首を横に振る。

「お武家様、派手に暴れられましたので、これから北町奉行所のお調べがあります。それまで縄を解けません」

「相手は、大工どもはどこにおる」

「旦那、そのことも含めてお調べがありますから、おとなしくしていてください」

年長の町役人が、若い者に自分の湯呑《ゆの》みを持ち上げてみせると、応じたその者は、水を入れた湯呑みを持ってきて、文左衛門に飲ませようとした。

喉《のど》が渇いていた文左衛門は水を飲み干し、黙って待つことにした。

それから一刻（約二時間）ほどして出張《でば》ってきたのは、同心と、朱房《しゅぶさ》の十手を帯に差し、紋付《もんつき》羽織《はおり》に袴を着けた、凜々《りり》しい面持ちをした男だ。

与力《よりき》だと思った文左衛門がじっと見ていると、与力のほうは目を合わせるなり、驚いた顔をして問う。

「坂手文左衛門殿ではありませぬか？」

「いかにも、それがしは坂手だ」

明るい笑みを浮かべた与力は、板の間に上がって駆け寄り、自ら縄を解きにかかった。

驚いた同心が問う。

「お知り合いですか」

「馬鹿者、このお方は甲府藩士だ」

「なんですと！」

愕然《がくぜん》とする同心は、土間で正座した。

「ろくに調べもせずいきなり十手で打つから間違いを起こすのだ。坂巻《さかまき》、早うお詫《わ》びしろ」

坂巻は顔を真っ青にして平身低頭《へいしんていとう》した。

「とんだ早合点《はやがてん》をいたしました！　何とぞ平にお許しください！」

「わかればよい」

縄を解かれ、手首をほぐす文左衛門に、与力が改めて配下の過《あやま》ちを詫びた。

「それがしを覚えてらっしゃいますか」

文左衛門は首をかしげる。

「北町奉行所吟味方筆頭与力《ぎんみかたひっとうよりき》、藤堂直正《とうどうなおまさ》にございます」

「江戸を離れて長いゆえ、すまぬ」

名を告げられてもまだ思い出せぬ文左衛門に、藤堂はいささか寂しそうに口を開く。

「十五年前に、何度かお目にかかっております」

十五年前といえば忘れもしない、左近が片腕の剣客に命を狙われた時だ。

そう思った文左衛門は、目を見張った。

「あの時の与力か」

藤堂は明るい笑みを浮かべる。

「まだ駆け出しでした」

「いやあ、立派になられたゆえ、わからなかった」

「横にですか」

両手を広げて笑みを大きくする藤堂は、歳を重ねて恰幅《かっぷく》がよくなっている。

文左衛門は目を細め、お互い様だと言って笑った。

藤堂が話を喧嘩に持ってゆく。

「坂手様が腹を立てられるとは、よほどの理由がありましょう。町の治安を守る立場にありますから、是非、詳しくお聞かせください」

文左衛門は笑みを消し、藤堂と向き合って居住まいを正す。

「それがしは今、藩の大工仕事をしているのだが、殿に暇をいただいて旧友に会いに行くところだった。店の新築がされている普請場を通りかかった時に、手抜きを見つけてしまい黙ってはおれなかったのだ」

藤堂が真顔で応じる。

「それは聞き捨てなりませぬ。どのような手抜きですか」

「口で言うより、見てもらったほうが早い」

「ごもっとも。案内してください」

藤堂が立つと、話を聞いていた町役人の一人が板の間に入ってきた。手には大小の刀を持っている。

「坂手様、こちらをお返しいたします」

市助から預かったという刀を受け取った文左衛門は、帯に差して草履《ぞうり》をつっかけ、藤堂たちと自身番をあとにした。

二

文左衛門が普請場に戻ってみると、大工たちはいなかった。

市助の姿が表に見えたので声をかけると、藤堂と坂巻を連れている文左衛門に頭を下げ、隣にいる男に何ごとか告げた。

茶色の着物を着たその男が、頭を下げる。

「家主のちょうちん屋、新八郎《しんぱちろう》にございます」

うなずいた藤堂が告げる。

「北町奉行所吟味方筆頭与力の藤堂だ。こちらは、甲府藩作事奉行の坂手様だ」

「ええっ！」

声をあげた市助が、慌てて頭を下げる。

新八郎も続き、困惑した顔を上げる。

「市助から聞いてまいりました。甲府藩の作事奉行様が手抜きだとおっしゃるのでしたら、間違いないのでしょうか」

信じられないという表情の新八郎に、文左衛門は柱を触りながら説明する。

「それがしが気になるのは、この柱だ。江戸は地震が多いにもかかわらず細い」

藤堂が歩み寄る。

「確かに、細いように思えますな」

すると新八郎が、安堵《あんど》したように言う。

「それならば大丈夫です。新しい普請のやり方らしく、柱と壁板で建物を支える仕組みになっており、ご公儀が新しく定められた地震に対する備えを満たしていると言われて、高い銭を出してございますから」

「高ければいいというものではない」

文左衛門はそう言うと、上を指差す。

「梁《はり》も細い。それに、柱の数も少なく、筋交《すじか》いも足らぬ。新しい備えと申すが、壁板はこの薄さだ」

文左衛門が貼られていた板を引っ張ると、途中から割れた。

「この普請にいくら払った」

市助が答えたのは、一般的な商家にかかる費用より一割増しといったところだ。

文左衛門は渋い顔をする。

「柱は細く、壁の板は薄い。材木の量を減らしておるにもかかわらず割増しの代金を取るとは、とんだ悪徳だ」

藤堂が文左衛門に言う。

「ご存じでしょうが、江戸の商家は、火事が起きた時に建物を倒しやすいように、元々頑丈ではありません」

「しかし、地震が多いのもあって、ある程度は耐えるものを建てるよう、お上のお達しも出ておるはずだ」

「おっしゃるとおり。今、それを言おうとしておりました」

ばつが悪そうな藤堂を横目に、文左衛門は新八郎に言う。

「この建物はいかん。少しの揺れでも倒れてしまう」

「そんな……」

不安そうに店を見上げた新八郎は、辛《つら》そうにこぼす。

「やっと店を持つ夢を叶《かな》えられると思って、普請で手広く商売をしている材木問屋に頼んだというのに……。まさか、手抜きをされるだなんて」

がっくりと肩を落とす新八郎を心配した市助が、藤堂に言う。

「お役人様、旦那様は、騙《だま》されたのでしょうか。どうにもならないのでしょうか」

「この仕事は誰がしているのだ」

「材木問屋の高坂屋《たかさかや》です」

「その名は聞いたことがある。あるじは杉右衛門《すぎえもん》か」

「はい」

答えた市助は、助けを求める顔を文左衛門に向けた。

もとより放っておくつもりはない文左衛門が、藤堂に向く。

「高坂屋を問い詰めましょう。それがしが言い逃れを許しませぬぞ」

「わかりました。行きましょう」

藤堂が坂巻を従えて行こうとすると、新八郎が声をかける。

「手前もよろしいですか。一言文句を言わねば、気がすみません」

「よかろう。店の場所をよう知らぬゆえ、案内いたせ」

そう告げた藤堂に頭を下げた新八郎は、市助と先に立って、町中を歩いてゆく。

京橋《きょうばし》を左に見ながら京橋川沿いを八丁堀《はっちょうぼり》へ向けて進み、途中の牛草橋《うしくさばし》を渡った北詰のすぐそばに、杉右衛門は店を構えている。

到着してみれば、店は頻繁《ひんぱん》に人が出入りし、荷物を運び出していた。

表で指図していた四十代の男が藤堂に気づき、正面を向いて腰を折る。

新八郎が肩を怒らせて歩み寄り、男の胸ぐらをつかんだ。

「番頭さん、どういうことだ。お前さん、わたしを騙したのかい」

番頭は新八郎の手首をつかんで離し、襟《えり》を引き寄せ、藤堂にばつが悪そうな顔を向けながら黙っている。

「なんとか言ったらどうなんだい」

声を荒らげる新八郎を止めた藤堂が、番頭に名乗って問う。

「荷物を運び出して、夜逃げでもするつもりか」

番頭は人目を気にした。

「藤堂様、悪い噂《うわさ》が立ちますからおやめください」

「では何ゆえ家財を運んでおる。今日の騒ぎで手抜き普請を咎《とが》められるのを恐れて、逃げる気ではないのか」

「違います。深川《ふかがわ》の木場《きば》に引っ越しでございます。人聞きの悪いことをおっしゃらないでください」

藤堂は納得したような顔をする。

「木場か。名だたる材木問屋が、豪勢な屋敷を建てているそうだな。材木の量を減らし手抜きをして儲《もう》けた金で建てたか」

眉尻《まゆじり》を下げて困る番頭に、坂巻が十手を突きつける。

「杉右衛門に話がある。ここへ呼べ」

「どうぞ中へ。ささ、どうぞ」

人目を気にする番頭に促《うなが》され、藤堂が文左衛門をうかがう。

文左衛門がうなずくと、藤堂は承知して、番頭に案内させた。

家財が運び出されて殺風景な客間で待っていると、奥の部屋から恰幅のよい男が出てきて、恵比須顔《えびすがお》で下座に正座し、頭を下げた。

「藤堂様、騒がしくして申しわけございません」

「そんなことはいい。杉右衛門、ここにおる新八郎の店の普請をしている大工たちが、こちらの坂手様と喧嘩をしたのは知っておろうな」

すると杉右衛門は、恵比須顔の奥にある眼光を鋭くして文左衛門を見たものの、それはほんの一瞬で、申しわけなさそうに両手をつく。

「手前の大工は、皆腕に自信がある者ばかりですが、血の気が多いのが玉に瑕《きず》。お武家様に難癖をつけられて、ついかっとなってしまったのでしょう。よく言い聞かせますから、ただの喧嘩だとして、こちらをご笑納《しょうのう》ください」

白い紙の、重そうな包みを差し出された文左衛門は、じろりと睨《にら》む。

まったく動じぬ杉右衛門は、藤堂にも差し出そうとして止められた。

「金で話をつけようとしても、そうはいかぬ。この目で確かめてまいったのだ」

「藤堂様、こちらのお武家様に何を言われたか存じませぬが、手前は材木一筋で生きてきた者です。お上に咎められるような手抜きなど、するはずもございませぬ。妙な言いがかりをつけられては、せっかく店を建てられるお客さんが不安になりますから、おやめください。新八郎さん、何も心配はいりませんから、どうかご安心なさってください」

廊下に座っている新八郎は、文左衛門を見た。

藤堂が口を開く。

「我らが普請に疎《うと》いと思うて強気なのだろうが、こちらの坂手様の目はごまかされぬぞ。なんといっても、かの甲府藩の、作事奉行だからな」

息を呑《の》んだ杉右衛門は、甲州様のご家来ですか、とつぶやき、顔に動揺の色を浮かべる。

「まさか……」

「いかにもそうだ」

文左衛門に見据《みす》えられた杉右衛門は、背中を丸めて下を向く。

藤堂が厳しく問いただす。

「手抜きを認めるか、杉右衛門」

「手抜きなどいたしておりません」

「聞こえぬ。もっと大きな声で答えよ」

「身に覚えがございません」

顔を上げる杉右衛門に、藤堂は声を張る。

「手抜きはしておらぬと申すのだな。よし、これより普請場に同道せよ。坂手様と厳しく吟味《ぎんみ》し、不正があった時は、重い罰がくだされると心得よ。さあ立て、まいるぞ」

先に立つ藤堂に、杉右衛門は平伏した。

「わかりました。甲州様のご家来が手抜きだとおっしゃるならば、初めからやりなおします」

藤堂が真顔を向ける。

「建て替えるのだな」

「はい」

新八郎と市助は顔を見合わせ、安堵の笑みを交わしている。

藤堂から、これでよいかとうかがうような眼差しを向けられた文左衛門は、うなずいた。

その帰り道で、新八郎は市助と共に文左衛門に頭を下げた。

「坂手様、ありがとうございます。手抜きを見抜いていただかなければ、とんだ建物を持たされるところでした」

「当然のことをしたまでだ。それより、建てなおすとなると店開きが遅れるが、そこは大丈夫か」

藤堂が口を挟む。

「遅れて困るようなら言うてまいれ。杉右衛門に面倒を見させる」

「行商《ぎようしよう》を続けておりますから、食うには困りません」

「そうか」

藤堂は文左衛門に頭を下げた。

「我ら町奉行所からも礼を言います」

「いやいや、顔をお上げくだされ」

「甲州様に、藤堂が手助けをしたと必ず伝えてくだされ」

「は？」

「このとおりです」

左近に対する憧憬《どうけい》ぶりを見せる藤堂に笑った文左衛門は、

「必ずお伝えします」

と約束し、皆と別れて小五郎の店に足を向けた。

だがあいにく、店は閉まっていた。

小五郎とかえでは、藩邸にいる左近のところに戻っていたのを思い出した文左衛門は、失念していた自分に苦笑いをして額《ひたい》をたたき、場所を教わっていた長屋に足を運んで権八の部屋を訪ねた。

請け負っていた普請が終わり、暇を持て余していたという権八は、十五年ぶりの再会を喜び、目に涙を浮かべた。

変わらぬ権八に、文左衛門も胸が熱くなる。

「再会を祝して一杯やりたいが、あいにく小五郎殿の店は休みだ」

「いい店がありやす。行きやしょう」

草履をつっかけた権八が案内したのは、同じ神明前通りにある小料理屋だ。ちょうど女将《おかみ》が暖簾《のれん》を出そうとしていたところで、権八が声をかけると明るく応じる。

文左衛門を古い友人だと女将に紹介した権八は、左近の家来とは言わず、甲府藩の重臣だと告げた。

「権八殿、重臣は大げさだ」

慌てる文左衛門に、権八は真剣な顔で応じる。

「作事奉行なんだから、重臣に決まってますよ。なあ女将」

「はい」

笑顔で応《こた》えた女将は、どうぞと言って誘う。

「まいったな」

嬉しさ半分、恐縮半分の文左衛門は小上がりに座った。

小さな店に客はそう入れないが、古い建物をうまく利用しているようだ。掃除も行き届いており、柱などは黒光りがしている。

「落ち着いたいい店だな」

「そうでしょ。半年前から商売をはじめたらしくてね、女将が一人でやってます。魚が旨《うま》いから、小五郎さんの店が閉まっている時は、こっちに来ているってわけです」

女将が出してくれたお通しは、葱《ねぎ》と深川あさりのぬただ。

「これが酒とよく合うんです」

嬉しそうな権八にすすめられて箸《はし》を運んだ文左衛門は、思わず笑みがこぼれる。

「旨い」

「でしょう」

権八も一口食べ、酒で流し込んで、幸せそうな顔をする。

「今日はまた特にうめぇや。文左の旦那とまたこうして飲めるなんて、嬉しいねぇ」

旧交を温めていると、男の二人連れが入ってきた。

初めての客らしく、女将が権八を迎えるのとは違い緊張した様子で接している。

権八と向き合っている文左衛門は気にもしていないが、酒を注文した二人の男の目線は、文左衛門の背中に向けられている。

文左衛門が高坂屋の話を切り出すのを耳にした二人のうちの一人が、店から出ていく。

残った一人が、見張りをごまかすべく女将を相手に話をする中、権八は、酒が苦そうな顔でぐい呑《の》みを置き、声を潜《ひそ》める。

「高坂屋には、いい噂がありやせん」

「やはりそうか」

「ええ。ひどい普請をするらしく、近頃は大工仲間のあいだで噂が広まってますよ。腕で勝負をしているあっしのような大工は、高坂屋の仕事を決して受けやせん」

鼻を高くして言う権八は、ぐい呑みを手に取り、残った酒を飲み干した。

女将が次に出してくれたのは、豆腐田楽《とうふでんがく》だ。味噌《みそ》が程よく焦《こ》がしてあり、香ばしい匂いが食欲をそそる。

不快になる高坂屋の話は早々に切り上げた文左衛門は、甲府藩邸に来たわけを話し、御殿修繕は長丁場《ながちょうば》になりそうだとこぼした。

「この際だから、傷んでいるところはすべて修繕するつもりでいたが、何せ御殿が大きい。本丸や西ノ丸ほどではないものの、やはり、殿がいかに徳川家にとって重要な人物か、改めて知った」

「そりゃそうですとも。なんてったって天下の甲州様ですからね」

饒舌《じょうぜつ》な権八に、文左衛門は笑った。

三杯目のちろりを空けようとした時、ごめんなさい、と聞き覚えのある声が戸口でしたのに気づいた文左衛門が顔を向けた。

先ほど会ったばかりの高坂屋の杉右衛門が、文左衛門に頭を下げる。

すると、残って酒を飲んでいた男が、役目を終えたとばかりに勘定《かんじょう》を置いて出ていった。

杉右衛門は番頭を連れて店に入ると、まっすぐこちらに来た。

顔見知りの権八は、文左衛門に文句を言いに来たのかと、腕まくりをして立ち上がる。

「文左の旦那になんの用だ」

杉右衛門は驚いた。

「おや、誰かと思えば、棟梁じゃありませんか」

「おうよ。旦那とは古い友人だ。文句を言いに来たのならやめときな。旦那の大工の腕は本物だ。その確かな目が手抜きを見抜いたんだ。観念しなよ」

杉右衛門は眉尻を下げ、穏やかに応じる。

「わかっておりますとも。わたしはすっかりこころを入れ替えたんですから、そう責めないでください」

「だったら、どうして跡をつけてきた」

「ちと坂手様にご用がありまして」

ここに入るのを見たという知らせを受け、急いで来たと言う杉右衛門は、女将に水を一杯飲ませてもらい、改めて頭を下げた。

「坂手様が帰られたあと、いいことを思いつきましたもので、すぐ藩邸に向かったのですが、三島町に行かれたと言われましたので、店の者に捜させていたのです」

嘘《うそ》かまことかは、文左衛門にはどうでもいいことだ。

「何か用があるなら、さっさと申せ」

「はい。思いついたのは、新八郎さんの店のことです。坂手様がこれと認める大工を紹介していただこうとお捜ししていたのですが、まさか、権八棟梁と懇意《こんい》にされていたとは」

権八は先回りをする。

「普請を頼もうってんなら、お断りだぜ」

杉右衛門は困り顔をした。

「そうおっしゃらずに、お願いしますよ棟梁。江戸でも指折りの腕をお持ちの棟梁に建てていただければ、坂手様もご納得されましょうから、このとおりです」

頭を下げて頼む杉右衛門は、手間賃を提示した。

破格とも言える高値に、権八は悪い気がしないらしく、腕まくりをしていた袖をそっと戻す。

杉右衛門は続ける。

「坂手様のお叱《しか》りを受け、これではいけないところを入れ替えたのです。棟梁、金はいくらかかっても、お客さんからは約束どおりの代金しかいただかず手前が負担しますから、いい建物にしてください」

「ほんとうに、おれが思うように建てていいのか」

「はい。受けていただけますか」

権八は文左衛門を見た。

「どう思います」

「棟梁が建てるなら安心だ。それがしにはなんの文句もない」

権八はうなずき、仕事を受けようとしたのだが、その前に杉右衛門が言う。

「ただし、首を長くしてお待ちの新八郎さんのために、一日も早く建ててほしいのですが」

「そいつは材木次第だな」

「手前がお手伝いできればよいのですが、あいにく余っているのがありません」

もとより頼る気がない権八は、明るく応じる。

「懇意の問屋があるから頼んでみるさ。この話、受けさせてもらいますよ」

「ああ、よかった。これで安心です」

喜んだ杉右衛門は、何度も頭を下げ、ここの酒代まで置いて帰っていった。

「噂とは違って、なかなかいい人だな」

権八は嬉しそうに言うと、文左衛門に酒をすすめた。

権八ならいい仕事をすると安堵した文左衛門は、気分をよくし、夜遅くまで大工仕事について語り合ったのである。

三

暑い日が続いていたが、季節が移ろい、朝夕はようやく秋めいた。

甲府藩邸では、文左衛門指揮のもと順調に修繕が進み、御殿の屋根は傷んでいた箇所の張り替えも終わり、人足たちの手で新しい瓦が上げられている。

いっぽう権八のほうは、さほど大きな建物ではなかったのもあり、店の普請はほぼ終わろうとしていた。

そんなある日の夜、普請場の近くで火の手が上がった。

「火事だ！」

夜更《よふ》けだったため、火元の町家の住人が気づいた時には火が天井に達しており、逃げるのがやっとだった。

火は見る間に隣に延焼《えんしょう》し、広がってゆく。

出役《しゅつやく》して駆けつけた旗本の火消したちが、火を食い止めるために家屋《かおく》を崩しにかかる。

柱に縄をかけ、人数に物を言わせて家屋を引き倒し、水をかけてゆく。

「次だ。急げ！」

指揮を執る旗本が馬の鞭《むち》を向けるのは、完成間近の新八郎の店だった。

壁板の一部を剝がし、柱に縄をかけた家来たちを見守っていた旗本のあるじが、采配《さいはい》を振って声をあげる。

「引き倒せ！」

火事場に大音声《だいおんじょう》が響き、家来たちが縄を引く。

だが、新八郎の店は倒れない。

「殿！　びくともしません！」

家来の叫びに応じたあるじが、自ら加わって倒そうとした。だが柱が軋《きし》むだけで倒すことができず、手間取っているあいだに屋根に火の手が上がった。

「まずいぞ！　水をかけろ！」

焦りの声をあげた旗本は、家来が持ってきた水桶《みずおけ》を奪い取って、なんとか火を消そうとしたのだが遅かった。

火の回りが早く、新八郎の店が原因で五軒が焼き尽くされ、合わせて二十軒が灰となり、朝方になってようやく鎮火《ちんか》した。

朝日に照らされる火事場は、まだ白い煙が細々《ほそぼそ》と立ちのぼり、焦《こ》げ臭《くさ》さがあたりを覆《おお》っている。

悔しそうな顔で立ちすくんでいるのは、定火消《じょうびけ》しの旗本、大窪剣明《おおくぼけんめい》だ。

汗と灰に汚れた火消し装束《しょうぞく》をまとい、顔は煤《すす》で黒くなっている。

そこへ、二人の旗本が肩を怒らせて歩んでくると、背が高いほうが大窪の肩をつかんで怒鳴った。

「日頃偉そうに大口をたたいておるくせに、このざまはなんだ。おぬしがもたもたしておったせいで、焼けなくてすんだ家が五軒もあるぞ」

「そう責めるな榊原《さかきばら》殿。それがしは手を尽くしたが、ここに建っていた新築の店がやけに頑丈で、火が迫るまでに倒せなかったのだ」

「何っ！」

榊原は、焼け残っていた黒焦《くろこ》げの柱に目を向けた。

「確かにここの柱だけが残っているが、燃えにくい材木を使っておるのか」

「材木のせいではないはずだ。それがしの案でお上からお達しが出たというのに、ここを建てた者は、それを守らなかったに違いない。悪いのはそれがしではない。この家を建てた者だ」

榊原は渋い顔をした。

「確かにおぬしは、江戸を大火から守るため、町人の家は倒しやすくするようご公儀に持ちかけ、ある程度地震に耐えるのを条件に通達を出す許しを得た。それがまだ行き渡っておらぬのではないか」

「それはない。大工の棟梁がお達しを無視して、身勝手に頑丈な建物にしたに違いない」

「もしそうだとすれば、許せぬ行為だ」

「榊原殿、この商家を建てた大工を許してはならぬ。調べて捕らえるゆえ、手を貸してくれ」

「承知した」

五千石旗本、榊原飛騨守友貞《ひだのかみともさだ》は、名門榊原家の縁者だ。

正義感が強い榊原は、延焼のせいで人が命を落としたのを重く受け止め、店のあるじと大工が誰か調べ、屋敷に連れてくるよう家来たちに命じた。

忙しく働く榊原が離れていくと、大窪は下を向いて考える仕草をしたのだが、皆に見えぬところで、にやりと笑みを浮かべた。

町家は倒しやすく、かつ地震にはある程度耐えるようになどと、大工たちにとっては厄介《やっかい》な通達を出させたこの男は、柱を細く、材木を減らす普請を進めるいっぽうで、建築費は値上げさせ、儲けの一部を付け届けとして受け取り、定火消しでただ一人だけ、私腹を肥《こ》やしている。

火事場を早々に離れた大窪が向かったのは、深川の木場だ。

木材を溜《た》める水場に囲まれ、島のように見える土地には、江戸でも指折りの材木問屋が集まり、贅《ぜい》を尽くした屋敷を建てはじめている。

そんな木場に足を踏み入れた大窪が向かったのは、その中でもひときわ見事な広さを持つ屋敷だ。

鮑《あわび》や鯛《たい》など、贅沢《ぜいたく》な食材を使った料理を調《ととの》えて待っていたのは、杉右衛門だった。

「殿様がお好きな活《い》き造《づく》りではありませぬが……」

「久しく食べておらぬが、お上には逆らえまい」

生類憐《しょうるいあわれ》みの令に反することが小さく感じられるほどの悪事を働いている二人は、互いに顔を見て、くつくつ笑う。

「首尾《しゅび》のほうは」

媚《こ》びた笑みを浮かべて問う杉右衛門に、大窪は上座にあぐらをかき、朱塗《しゅぬ》りの杯《さかずき》に酌《しゃく》を求めながら告げる。

「まんまと榊原が騙されおった。わしが家臣らに命じてわざと倒させなんだとは思いもせず、今頃は愚《おろ》かな正義を振りかざして、大工と新八郎を引っ立てておろう」

「権八棟梁は、さぞかし泡を食うでしょうな」

「ふん、我らの邪魔をする者は許さぬ。一休みしたら出かける」

酒を注いだ杉右衛門は、ふと不安そうな顔をする。

「殿がおっしゃるとおりになりましたが、いずれは甲州様の耳に入りましょう。ほんとうに、大丈夫でしょうか」

「西ノ丸を出た綱豊《つなとよ》など、恐れることはない。わしは、柳沢《やなぎさわ》様に気に入られておるのだからな。見ておれ、綱豊に頭を下げさせてやる」

酒を飲み干して杯を投げ置いた大窪は、不快そうに襟を開く。

杉右衛門が、笑みを浮かべて言う。

「湯をお使いください。汗をお流しする者を控えさせております」

「うむ」

真新しい木の香りがする廊下を歩いて脱衣場に入った大窪は、肌が透《す》けるほど薄い肌着の女が頭を下げるのを見て、黙って背中を向けた。

着物を脱がす女の手をつかんだ大窪は、火事場の興奮冷めやらぬまま女の手を引いて湯殿《ゆどの》に入った。

四

この日、左近は甲府藩邸の御殿修繕について、文左衛門から報告を受けていた。かかる費用も抑《おさ》えられ、かつ以前より美しく仕上げられている修繕箇所を見た藩士からは、文左衛門を称賛《しょうさん》する声があがっている。

左近がそのことを告げると、文左衛門は嬉しそうにしたが、謙遜《けんそん》して、より励むと約束した。

文左衛門が報告の続きに話を戻そうとした時、小五郎が庭に姿を現した。昼前のことだ。

黙って片膝をつく小五郎を見た左近は、文左衛門を手で制し、広縁《ひろえん》に出る。

「いかがした」

「権八殿が、町家の普請に関するお上の取り決めに反したとして、定火消しに引っ張られました」

「権八に限ってあり得ぬ。何があったのだ」

小五郎は、昨夜の火事のことを詳細に告げた。

聞いていた文左衛門が、血相を変えて口を挟む。

「それがしが手抜きを見抜いて、建て替える運びになった商家です」

左近は文左衛門に向く。

「権八は、お上のお達しを心得ておるはずだ。引き倒せぬほど頑丈な造りにするとは思えぬ」

「それがしもそう思います」

うなずいた左近は、小五郎に問う。

「権八を捕らえたのは何者か」

「定火消しの一人、榊原飛驒守友貞殿です」

「友貞殿は道理をよくわきまえておるはず。余が話をいたそう。文左衛門、供をいたせ」

「はは」

左近は甲府藩主としておもむくべく、大名駕籠《だいみようかご》で榊原家に向かった。

権八が左近の親しい友人だと知った榊原は驚き、昨夜火事場で何があったかを詳細に告げたうえで、頭を下げた。

「大工の権八は、大窪剣明殿に引き渡しました。ただちに解き放つよう、使いを走らせます」

大窪剣明の屋敷は同じ神田《かんだ》にあり、目と鼻の先だ。

榊原の命を受けた用人《ようにん》が大窪家に走ったが、程なく、ばつが悪そうな顔をして戻ってきた。その背後に、権八の姿はない。

榊原が問うと、用人は廊下に膝をついて平伏した。

「それがしの口からは、申せませぬ」

察した左近が告げる。

「構わぬ。面《おもて》を上げて申せ」

恐れる用人を榊原が促す。

「甲州様がおっしゃっているのだ。早う申し上げよ」

ようやく面を上げた用人は、恐る恐る告げる。

「大窪殿は、このたびの火事は甲府藩士が堅固《けんご》な造りにさせたため火が広がったのだと、強く申されました。甲州様が当家にくだられ、大工の放免を望まれていらっしゃるとお伝えしたところ、口出しをお控えくだされと……」

「権八を放す気はないというのか」

榊原が言うと、用人は一段と恐れた顔で告げる。

「甲州様が、家来の口出しで火事が広がったのを深く反省され、ご公儀に対して詫びを入れられるならば、解き放つそうです」

「おのれ……」

「文左衛門」

怒りの声をあげる文左衛門を制した左近は、榊原に筆を借り、詫び状をしたためた。

敬愛する左近に詫び状を書かせてしまったと思う文左衛門は、悔しげな顔で歯を食いしばっている。

「殿、それがしのせいで……詫び状など……」

榊原が続く。

「大窪殿は、延焼を止められなかった己の不手際を咎められるのを恐れて、坂手殿と権八に罪を被《かぶ》せようとしているに相違《そうい》ありませぬ」

左近は筆を走らせながら口を開く。

「そうかもしれぬが、今は権八を助け出すのが先だ。詫び状ですむなら、それでよいではないか」

詫び状を榊原に託した左近は、文左衛門を残し、甲府藩邸に戻って待つことにした。

御殿の式台に横付けされた駕籠から降りるなり、城から戻り待っていた又兵衛が駆けつけて告げる。

「殿、こたびの火事、厄介なことになりましたぞ」

「大窪剣明殿が、余の家来のせいだと騒ぎ立てておるか」

「それもございます」

「今、ご公儀に詫び状をしたためてきた」

「なんと申されます」

「そう怒るな。権八に罪はないのだ」

「しかし、よく調べもせず……」

「詫びれば権八を解き放つと申しておるのだ。今は、権八を出してやるのが先だ」

納得しかねる顔をする又兵衛に、左近は問う。

「それも、と申したが、他にも何かあるのか」

「そのことです。ちょうちん屋の新八郎の店が原因で延焼し、焼け落ちた仕舞屋《しもたや》があるのですが、そのうちの一軒に、越前葛野藩《えちぜんかずらのはん》三万石藩主、松平頼方《まつだいらよりかた》殿の側近の一人である梨田《なしだ》という者が、酒に酔い妾《めかけ》と寝ておったせいで、逃げ遅れて命を落としたそうです」

左近は、気の毒だと思い胸を痛めた。

又兵衛が厄介だと言うわけは、梨田某《なにがし》のあるじ頼方が、紀州《きしゅう》徳川家先代藩主光貞《みつさだ》の末男《まつなん》だからだ。

「ご公儀が文左衛門にも非があると申すなら、余は頼方殿に詫びを入れよう」

「それはなりませぬ」

「何ゆえ止める」

「北町奉行所吟味方筆頭与力の藤堂殿が、付け火の疑いありと、町奉行に言上《ごんじょう》いたしたからです」

左近は又兵衛を見た。

「それはまことか」

「まだはっきりそうと決まったわけではなく、今調べておるそうですから、結果が出るまで、詫びるのはお控えください」

そこへ、文左衛門が戻ってきた。

「権八はいかがした」

問う左近に、文左衛門は神妙に答える。

「お解き放ちになりました。藩邸に連れ戻ろうとしたのですが、殿に会わせる顔がないと言い、長屋に帰りました」

自分が建てた家のせいで人が亡くなったと、権八は落ち込んでいるという。

そこで左近は、控えている小五郎に、火付けの疑いがあることを教え、落ち込
まず結果を待つよう伝えさせた。

「お前さん、左近様がおっしゃっているんだから、元気出しなよ」

「だがよう、火付けだろうがなんだろうが、おれの仕事のせいで火消しの妨《さまた》げになるどころか、火が広がって人が死んじまったんだ。どこをどう間違えちまったのかわからねえから、もう足を洗う」

夜着《よぎ》を被って落ち込む権八。

亭主のそんな姿を初めて見たおよねは、気を揉《も》んだ。

落ち着きなく考え、権八の背中をさする。

「左近様は、お前さんの腕を信じているからこそ、ご公儀に頭を下げられてお解き放ちにしてくださったんだよ」

「おめえは前向きだな。天下の甲州様が頭を下げたってことは、おれたちの非を認められたってことだ。おれが頑丈にしすぎたって思われてる証《あかし》じゃねえか」

「馬鹿だねお前さんは。長年お付き合いをさせてもらっているというのに、お気持ちがわからないのかい」

「なんだって言うんだよ」

「お前さんが捕まったままじゃ、からくりを暴《あば》くことができないからに決まっているじゃないのさ」

権八は目を見開き、がばっと夜着を蹴って跳ね起きた。

「つまりあれか。おれと文左の旦那は、誰かに嵌《は》められたってことか」

「あたしはそう思うよ」

権八は肩を落とす。

「なんだ、おめえの考えか」

「だから、左近様もきっとそう思われているに決まっているじゃないの。明日にでもお呼び出しがあるかもしれないから、しっかり食べて、力をつけておきなさいよ」

飯をてんこ盛りにした茶碗と箸を差し出すおよねを見て、権八は目に涙を浮かべた。

「おめえは、いい女房だな」

「今頃気づいたのかい」

「だがよ、いくらなんでも、こんなには食えねえよ」

「いいから食べなさい」

背中をたたいて、味噌汁を入れに立つおよねの背中に目を細めた権八は、箸を持った手の甲《こう》を鼻に当ててすすり、飯をかき込んだ。

五

数日後のよく晴れた日、小五郎から権八の様子を聞いた左近は、火事があった場所をこの目で見たくなり、藤色の着物に着替えて足を運んだ。

小五郎の案内で到着すると、焼け跡はまだ手つかずのままで、いろいろな物が焦げた異臭が漂っている。

そんな焼け跡で、一人の若い侍がしゃがみ、白い花を一輪供《そな》えて手を合わせている。

小五郎が小声で告げる。

「亡くなった方のお知り合いでしょうか」

不慮の事故に遭《あ》ってしまった者の死を悼《いた》み、足を運んできたのであろう。

これが因縁《いんねん》の出会いになるとは、この時左近は思いもしない。

また、この若者、松平頼方もしかり。

二人は江戸城の本丸御殿で幾度か顔を合わせているが、直《じか》に話をしたことはなく、座る場所も離れているのに加え、互いに浪人の身なりをしているため気づかないのだ。

左近は声もかけず通り過ぎ、権八が普請した建物の焼け跡を見る。黒焦げの柱が四本立っており、押せば倒れそうだ。

「小五郎、火消し役が倒せぬほど頑丈だったと思うか」

「棟上《むねあ》げをしたのを見ましたが、特に太い柱を使っていたわけではございませんので、引き倒せなかったというのは、疑問に思います」

「ここにあった建物に縁がある者か」

声をかけたのは、若侍のほうだ。

まだ気づかぬ左近は、ただの興味本位で立ち寄ったと答え、逆に問う。

「手を合わせておられたが、亡くなられたお方の縁者ですか」

「血は繋《つな》がっておらぬが、弟と思うていた」

「それは気の毒に。お悔《く》やみを申し上げます」

「痛み入る」

若いが堂々としており、威厳すら漂わせている侍は、ただ者ではないようだ。

そう感じた左近は、梨田某が仕えていた松平頼方ではないかとふと思ったのだが、気性が荒いと聞いているだけに、甲府藩の徳川綱豊と知れば、黙ってはおるまい。

町中で争いになるのを避けるため、新見左近だとも名乗らず、ただの通りすがりを貫《つらぬ》くことにした。

すると若侍のほうから名乗ってきた。

「おれの名は、加納新之助《かのうしんのすけ》だ。貴殿は」

己の思い違いか。

左近が新之助を見ると、探るような眼差しを返された。

「ただのしがない浪人者ゆえ」

真顔で頭を下げ立ち去ろうとする左近に、新之助が背中に投げかける。

「この火事には、裏がありそうだ」

左近と小五郎が立ち止まって振り向くと、新之助は目線をはずし、足早に立ち去った。

「おれが何者か、気づいていたのだろうか」

左近がつぶやくと、小五郎は前に出る。

「何者か調べます」

「いや、よい。権八から話を聞くのが先だ」

「はは」

下がる小五郎を伴《ともな》い去ろうとしたところへ、大勢の人足《にんそく》たちがやってきた。

「おい野郎ども、とっとと片づけてしまうぞ」

威勢のよい声をかけた男に応じた人足たちが、残骸《ざんがい》を片づけにかかった。

小五郎が商人らしい態度で人足の一人に声をかけ、話を聞いた。

それによると、高坂屋杉右衛門が改めて仕事を請け負い、新八郎をはじめとする家主の店や家を建てるらしい。

「得をするのは、高坂屋か」

裏がありそうだと告げた加納新之助は、何に気づいたのだろうか。

人足たちが次々と運び出す黒焦げの材木を見た左近は、権八のもとへ急いだ。

「納得がいきやせんがね、お上が言うのですから、受け入れるしかありやせん」

左近が注いでやった酒をがぶ飲みした権八は、背中を丸めて長い息を吐く。かえでが心配そうに見ている。

小五郎は板場から出て、左近と権八の前に器《うつわ》を置いた。

魚の煮こごりに、ほぐした白身と刻《きざ》んだ大葉《おおば》を混ぜた物は、人気の一品だ。

権八は食欲がないのかと思いきや、箸をつけ、こいつはやっぱりうめえやと言って、小五郎に微笑《ほほえ》む。

小五郎が、杉右衛門が普請をはじめたことを教えると、権八は顔をしかめた。

「今のあっしが偉そうなことは言えませんがね、きっといい仕事はしませんよ」

警鐘《けいしょう》を鳴らす権八は、悔しいというよりは、案じる面持ちだ。

長年の友の心根がわかる左近は、こう述べた。

「気持ちはわかるが、もう忘れて、杉右衛門には関わらぬほうがいい」

権八は目を向けてきた。いつもと違い悲しそうな眼差しは、誇《ほこ》りを持っていた己の仕事を否定されたと思っているのだろう。

「悪いようには取らないでくれ。権八の腕は確かだ。待っておる客のためにも、前を向いて働いてくれ」

「そうじゃあねえんです。ほんとうに、杉右衛門のような悪徳商人を見逃すおっもりですか。文左の旦那の目は確かだ。ろくな普請にならねえのに決まってます」

「そなたが捕らえられたことで、およねはさぞ気を揉んだだろう。あの火事は、付け火の恐れがある。杉右衛門の背後におる者の正体を暴かねば、また同じことを繰り返す。今は、こらえてくれ」

権八は神妙な面持ちをした。

「左近の旦那がそうおっしゃるなら、従います。文左の旦那は、お元気ですか」

「気落ちしておるだろうが、屋敷の修繕に汗を流している」

「それじゃあっしも、明日から仕事に戻ります。普請場は、皮肉にも新八郎さんの向かいの店ですがね」

権八は明るい笑みを浮かべて、酒を飲んだ。

左近が問う。

「建てなおすのか」

「ええ、そうです」

「ならば、新八郎の店を建てたのと同じようにしてくれぬか」

権八は不思議そうな顔をした。

「どうしてです？」

「権八の腕を見込んで仕事を頼んだ者の期待を裏切らぬほうがよい。これまでどおりの仕事をしてくれ」

権八は目に涙を浮かべて、快諾《かいだく》した。

季節が移ろい、仲秋《ちゅうしゅう》の爽《さわ》やかな青空が広がる正午に、地震が起きた。

左近がくつろいでいた三島屋《みしまや》では、客たちから悲鳴があがったものの、揺れはすぐに収まり、棚《たな》の品物で据《す》わりが悪い物が何個か落ちただけで、大ごとにはならなかった。

急ぎ店に出た左近は、怖がるみさえを抱いているお琴とおよねの無事を確かめ、客たちを連れて外へ出た。

「また揺れるかもしれぬゆえ、気をつけて帰りなさい」

十数人の女たちは不安そうに応じ、各々《おのおの》の家に急いだ。

表に出ていた小五郎とかえでが駆け寄る。

「お怪我はありませぬか」

案じる小五郎に左近がうなずく。

「揺れが早く収まったのが幸いした」

「ようございました。それにしても、近頃多いですね。大きいのが来る前兆でなければよいのですが」

「来ると思うて、支度を怠《おこた》るまい」

かえでが三島屋をのぞき、片づけをはじめているお琴たちを手伝いに入ってゆく。

「余は藩邸に戻る。お琴たちを頼むぞ」

「承知しました」

小五郎に見送られた左近は、通りを急いだ。

揺れは大きかったもののすぐ収まったおかげで、町家に大きな被害は出ていない。

商家の者たちは、怖かったねぇ、また来るかもしれないよ、などと言いつつ、倒れた物や落ちた物を元に戻し、商《あきな》いに戻っている。

藩邸に戻った左近は、修繕の普請で高所にいた者たちが落下するなど、怪我をした者がいないか心配していたが、出迎えた間部から皆無事だと言われ、ほっと胸をなでおろした。

又兵衛が言う。

「文左衛門殿がよい仕事をしてくれたおかげで、瓦一枚とて落ちておりませぬ。火事も恐ろしいですが、やはり、地震にもある程度耐える建物にしておくべきですな」

共にいる文左衛門が、暗に杉右衛門との因縁を示す又兵衛の気遣《きづか》いに、頭を下げた。

「そう言っていただけると、救われます」

間部が左近に問う。

「お琴様の店は、ご無事でしたか」

「うむ。町も、被害は少ないようだ」

「それは何よりでございます」

安堵する皆と別れて自室に戻った左近は、着替えをして、溜まっている書類に目を通した。

「殿、よろしゅうございますか」

文左衛門が廊下で声をかけたのは、程なくだ。

「いかがした」

「半日、お暇をいただきたく、お願いに上がりました」

左近は、文左衛門の案じ顔を見て察する。

「ちょうちん屋の新八郎が気になるのか」

文左衛門はうなずいた。

「高坂屋が再普請を請け負ったと聞いておりましたから、どうにも心配なのです」

文左衛門らしいと思った左近は、小姓に命じる。

「着替えをいたす」

文左衛門が、立ち上がった左近に顔を向けている。

「余もまいろう」

そう告げると、文左衛門は神妙な面持ちで頭を下げた。

六

安綱を帯に落とし、文左衛門と新八郎の店の普請場に行ってみると、異様な光景が広がっていた。

新八郎の店をはじめ、杉右衛門が請け負った店だけが崩れてしまい、真新しい材木が無惨《むざん》に折り重なって通りの半分を塞いでいる。

他の古い建物は無事で、己たちの仕事の恥《はじ》を隠そうとしているのか、普請に関わっていた職人たちが声を張り上げ、大急ぎで片づけにかかっている。

その通りの向かいには、棟上げをしたばかりの商家が、びくともせず建っている。屋根の上にいる三人の大工が、右往左往《うおうさおう》する職人たちを黙って見ている。

屋根に権八の姿を見つけた文左衛門が左近に教え、駆け寄る。

「権八殿」

左近もいるのに気づいた権八が、梯子《はしご》の両端に手足を滑らせ、器用に下りてくる。

日に焼けた顔に笑みを浮かべる権八は、左近に言う。

「見てください、あの程度の揺れで崩れちまいました。死人が出なかったからよかったものの、文左の旦那が咎めなかったら、とっくに商売をはじめていたでしょうから、それを考えるとぞっとします」

左近はうなずく。

「確かに、権八の言うとおりだ。文左衛門、そなたの目は正しかったのだ」

首を横に振って謙遜する文左衛門に、権八が言う。

「今日まで黙って見ていましたがね、ひどいもんでした。あるべきところに柱はないし、壁の板も薄っぺら。これなんか見てください」

がれきから拾ってきた板壁の一部は、権八が言うとおり、壁にするには薄い。

「どけ！」

「邪魔だ！」

通りに響いた声に左近が目を向けると、大窪剣明が配下の者を引き連れてきている。

文左衛門が左近の腕を引いて物陰に下がり、商人を指差す。

「あの者が、高坂屋杉右衛門です。大窪と行動を共にするとは、二人は繋がっておるようですね」

左近が応じて、権八と三人で物陰から見ていると、藤堂が同心を連れて駆けつけ、杉右衛門に厳しく告げる。

「高坂屋、これはどういうことだ。崩れておるのは、おぬしが手がけた建物ばかりではないか」

杉右衛門は余裕の笑みを浮かべ、堂々とした態度で答える。

「藤堂様、建物というのは、普請が終わって初めて強くなるのです。まだ普請の途中で、しかも地震が相手ですから、これは仕方ないのですよ」

すると、藤堂と共に来ていた家主たちが不満の声をあげた。

新八郎が声を張る。

「何を言っているんだ。それじゃ、向かいの建物はどうなんだ。同じように普請の途中なのに、びくともしていないじゃないか」

「そうだ！」

「やっぱり手抜きじゃないのか」

家主たちが声をあげても、杉右衛門は涼しい顔だ。

「何も問題はない。邪魔だ、下がれ！」

大窪が怒鳴り、家来に命じて家主たちを遠ざけた。そして、藤堂に言う。

「今日の地震は、いつにも増して揺れたのだ。完成しておれば、倒れていなかった。何も問題ない！」

藤堂は反論しようとしたが、大窪が声を被せる。

「ご公儀の定めどおりに普請をしておった者を責めるのはよせ。甲州様とて詫びられたのを、忘れたのか」

藤堂は唇《くちびる》を嚙《か》み、引き下がった。

「我慢ならねえ」

腕まくりをして出ようとする権八を止めた左近は、首を横に振る。

「ここはこらえてくれ」

「どうしてです」

「大窪は狡猾《こうかつ》だ。普請途中でも倒れておらぬのが権八の仕事だと知れば、また捕らえられる。悔しいだろうが、ここはおれにまかせてくれ」

文左衛門が言う。

「殿に考えがおありのようだから、権八殿、大窪に見られないうちに行こう。一杯おごらせてくれ」

「いや、仕事に戻ります」

普請場に行こうとする権八に、左近が告げる。

「今しばらく、建物はこのままにしておいてくれ」

権八は不思議そうな顔をした。

「左近の旦那、水臭《みずくさ》いですよ。策があるなら教えてください」

「策はない」

左近の言葉に、権八は啞然《あぜん》とした。

「左近の旦那、どうしちまったんです」

権八を巻き込みたくない左近は、何も言わぬ。

通りで声があがったのは、その時だ。

「おい、見てみろ。こっちのは崩れていないというのに、向こうのはどうだ、たったあれだけの揺れで倒れるとはな」

「ほんとうだ。あこぎな商売をしているに違いないぞ」

大声で言いながら歩いてゆく二人によって、近くに集まっていた町人たちは、ひそひそと噂話をはじめた。

去ってゆく二人を見ていた文左衛門が、左近に訊《き》く。

「あれは、殿の仕込みですか」

左近は薄い笑みを浮かべて首を横に振る。

「来たばかりではないか」

「そうでした」

「地震は思いがけぬことだったが、権八の仕事がご公儀の定めに反しておらぬのを証明できるよい折となった」

権八が首をかしげる。

「何をする気です」

「まあ見ておれ。今の声を聞いた大窪が高坂屋と結託しておるなら、動くはずだ」

左近が睨んだとおり、大窪は怒気《どき》を浮かべながら権八が建てている店を睨んでいる。そして、外に出ていた隣の呉服屋の手代を指差した。

「おい、これを建てておるのは、どこの大工だ」

「へい、棟梁は権八さんです」

大窪は驚き、たくらみを含んだ笑みを浮かべて家来を呼んだ。

「権八が建てたと聞いては捨て置けぬ。ちょうちん屋の時のように引き倒せぬほど堅牢《けんろう》にしておるに違いないゆえ、見逃せば火消しの妨げになる。すぐ取り壊すよう命じよ」

応じた家来が、大工たちに声を張り上げる。

「聞いていたであろう、今すぐ取り壊せ」

「じょ、冗談じゃねえや」

血の気が多い大工が不満をぶつけると、大窪が馬の鞭を突きつけた。

「逆らうとは何ごとだ」

見せしめに打とうと鞭を振り上げた手首を、左近がつかむ。

じろりと見た大窪が、綱豊とは気づかず手を振り払い、鞭を向ける。

「貴様、邪魔をすると容赦《ようしゃ》せぬぞ」

「周りをよう見てみろ」

「何……」

大窪が顔を向けると、集まった野次馬たちから、冷ややかな目を向けられた。

その野次馬をかき分けて出てきたのは、同心の坂巻だ。

藤堂を見つけて駆け寄った坂巻が言う。

「藤堂様、言いつけどおり調べましたところ、地震で倒れたのは、高坂屋が手がけた建物ばかりでございました」

藤堂が杉右衛門を睨む。

「どういうことだ高坂屋。普請の途中だから倒れるのは仕方がないのではなかったのか。完成していた建物も崩れておるというではないか」

「そ、それは……」

返答に窮《きゅう》した杉右衛門は、大窪に助けを求めた。

すると大窪はすたすたと歩み寄り、いきなり鞭で打ち据えた。

「高坂屋、覚悟いたせ。ご公儀の名において、わしが厳しく調べる。引っ捕らえよ」

応じた家来たちが、お目こぼしを懇願《こんがん》する杉右衛門を捕らえ、大窪は早々に引きあげていった。

左近は文左衛門に、小五郎の店で待つと告げて跡をつけさせ、追おうとする藤堂に声をかけた。

一瞬驚いた藤堂だが、懐かしげに大きな笑みを浮かべて歩み寄ると、左近に頭を下げる。

「甲州様、お久しぶりにござります」

「うむ。藤堂殿、その節は世話になった。改めて礼を言う」

「もったいないお言葉にござります」

嬉しそうな顔を上げた藤堂だが、一転して厳しい表情で告げる。

「甲州様、大窪殿と高坂屋は繋がっております。このまま行かせては、わたしはどうすることもできなくなります」

「今日の地震で、高坂屋の手抜き普請は証明された。これから二人がどう動くか、文左衛門に見張らせる。それより、建物が崩れたと申したが、命を落とした者がおるのか」

「残念ながら、何人か出ております」

「痛ましいことだ。悪党どもはおれにまかせて、そなたは、被害に遭《お》うた者たちを助けてやってくれ」

「はは」

　素直に応じた藤堂は、坂巻に案内を命じて、助けを求めている者たちのところに向かった。


　大窪は、本材木町《ほんざいもくちょう》でまだ商売をしている高坂屋の店先まで戻ったところで、杉右衛門の頭を鞭で打った。

「この大馬鹿者！　誰がこの程度の地震で崩れるほどのものにしろと申した。綱豊が黙っておらぬぞ」

「お許しください。手前は、殿様に一両でも多くお渡ししたい一心で働いていたのです」

「今の言葉に嘘はあるまいな」

「ございません。本心でございます」

「だが、商売はこれまでじゃ。綱豊の耳に入れば、必ずや乗り込んでくる。お前は店に戻り、有り金を持って屋敷にまいれ。匿《かくま》ってやる」

「金は、木場の蔵に入れてございます。すべてさしあげますから、ここでお解き放ちください。手前は江戸から逃げます」

「それでは、新しい金儲けができぬではないか」

「しかし、甲州様が乗り込んでくれば、おしまいです」

「そのために、高い金を払《はろ》うてこの者どもを雇うておるのではないか」

大窪が目を向けるのは、杉右衛門が雇っている剣客たちだ。

五人はいずれも剣の腕が立ち、あの場から逃げた大窪に不服そうな顔をしている。

大窪は言う。

「そのような顔で見るな。よう考えよ。町中で奉行所の連中を斬って捨てれば、わしらは天下のお尋ね者にされる。だがわしの屋敷内ならば、綱豊とて容赦せぬ。今すぐ立ち戻り、手ぐすね引いて待ってやろうではないか」

剣客の一人が睨む。

「綱豊は、まことに来るのか」

「奴がこれまで数多《あまた》の悪党にしてまいったように、わしを捕らえに必ずや乗り込んでくる。そこを逆手に取り、討ち果たしてみせる」

五人の剣客は大窪に従い、杉右衛門が一人で金を取りに行こうとした時、目の前に、身体中を埃《ほこり》まみれにした男が現れ、行く手を塞いだ。

杉右衛門が驚いた。

「誰かと思えば、味噌屋の幸助《こうすけ》さんじゃないか」

幸助は杉右衛門に怒りをぶつける。

「お前のせいで、女房と娘が家に潰されて死んじまった」

「わたしのせいじゃない。悪いのは地震だ。運が悪かったのさ」

軽くあしらう杉右衛門に怒りの声をあげた幸助は、懐《ふところ》から包丁を出して斬りかかった。

「女房と娘を返せ！」

包丁を刀で弾《はじ》き飛ばした剣客が、幸助を人気《ひとけ》のない京橋川のほとりまで押しやり、容赦なく刀を打ち下ろした。

胸を袈裟《けさ》斬《ぎ》りにされて呻く幸助。

剣客は、幸助が倒れる前に胸を蹴り、京橋川に落とした。

浮かんでこないのを確かめた大窪は、杉右衛門に金を取りに行くよう命じ、剣客たちを連れて己の屋敷に引きあげてゆく。

高坂屋の前から誰もいなくなったのを見計らい、文左衛門は大小の刀を川端に置き、着物と袴を脱いで飛び込んだ。

底に沈んでいた幸助を助け、駆け寄っていた町の者たちの手を借りて引き上げた文左衛門は、脈があるのを確かめ、頬《ほお》をたたいて懸命に声をかけた。

一度は目を開けた幸助だったが、長くは持たなかった。声にならぬ口を動かし、何かを言おうとしたのだが、息を引き取ってしまったのだ。

助けられなかった文左衛門は、悪党どもが去った方角を睨み、拳《こぶし》をにぎりしめた。

煮売り屋に戻った文左衛門から話を聞いた左近は、悪事の犠牲になった幸助を悼《いた》み、小五郎に命じる。

「杉右衛門を捕らえよ。余は、これより大窪の屋敷に向かう」

うなずいた小五郎は音もなく走り去る。

日が暮れて大窪家の門前に到着した左近の前に出た文左衛門が振り向く。

「五人の遣い手がおります。やはり、人を呼んだほうがよろしいのでは」

「それでは逃げられてしまう」

左近が潜《くぐ》り門《もん》を押すと、あっさりと開いた。

中の気配を探り、足を踏み入れる。

その頃、屋敷の自室にいた大窪は、用人の背後に座している五人の剣客に、綱豊を斬った者には褒美《ほうび》を取らせると告げたうえで、こう続けた。

「杉右衛門が金を持ってくれば、もう用なしだ。罪人として裁《さば》き、口を封じる。お前たちは、わしに仕えよ。悪いようにはせぬ」

剣客たちは皆、険しい表情を和《やわ》らげ、大窪に頭を下げた。

庭が騒がしくなったのに応じて、五人は刀をつかんで廊下に出る。

炎を上げる篝火《かがりび》の明かりの中に、藤色の着物を着た左近が姿を現すと、五人は一斉に抜刀《ばっとう》した。

大窪は顔をまじまじと見て告げる。

「貴様、綱豊であったか」

「大窪、そのほうの悪事もこれまでだ。人を殺《あや》めたからには、容赦はせぬ」

「ふん、味噌屋の一人や二人、どうってことはあるまい。庶民のために斬られにまいるとは、愚かよのう」

大窪は片笑《かたえ》み、殺気を浮かべた顔で告げる。

「おぬしを始末すれば、喜ぶ者もおる。覚悟いたせ」

「悪党に明日はない」

「大口をたたけるのも今のうちじゃ。やれ」

大窪に応じた剣客の一人が気合をかけ、左近に斬りかかった。

安綱を抜いて弾き上げた左近は、下がって大上段に構えるその者に切っ先を向け、左手にいる別の剣客を見る。

「えいっ!」

大上段から打ち下ろした右の剣客の一刀を右に引いてかわした左近は、安綱を右手で振るい、振り向こうとした相手の肩を斬る。

その隙《すき》を突いて斬りかかってきた二人目の剣客は、太刀筋《たちすじ》が鋭く、かわした左近の右袖を裂いた。

正眼《せいがん》に構える二人目の剣客は、髭をたくわえ、眼光が鷹《たか》のように鋭い。

「我は、伊崎玄志《いさきげんし》。生きるために、お命頂戴《ちょうだい》つかまつる」

礼儀正しいが、凄《すさ》まじい殺気を帯《お》びている。

左近は油断なく安綱を正眼に構える。

八双《はっそう》の構えに転じた伊崎が、無言の気合と共に猛然と迫る。

「むんっ!」

左近の胸を狙い袈裟斬りに刃を打ち下ろした。

左近が跳びすさってかわすと、伊崎も地を蹴って一足飛《いっそくと》びに迫り、真横に一閃《いっせん》

刃を受け止めた左近が、背後に迫る殺気に応じて身体を右に転じ、振りかぶって斬り下ろそうとしていた三人目の剣客の腹を一閃する。

呻いて倒れるその男を跳び越え、四人目の剣客が幹竹割《からたけわ》りに斬り下ろしてきた。

左近が左にかわすと、空気を斬る音と共に、目の前で刀身がきらめく。

空振りした四人目の剣客は、返す刀で斬り上げる。

その刀身を安綱で押さえた左近は、相手に肩をぶつけて押し離し、刀を振り上げた隙を逃さず胸を突く。

目を見張った四人目の剣客は、呻いて倒れた。

伊崎がふたたび襲いくる。

左近は刃をかわして間合いを取り、大窪の家来と闘っていた文左衛門と背中合わせになり、それぞれの相手と対峙《たいじ》した。

「囲み斬れ！」

大窪の声に応じて、伊崎と残りの剣客が左近の左右を取り、大窪の家来が文左

衛門を囲む。

追い詰められた左近は、己よりも文左衛門を気にする。

「余が切り開く。離れるな」

「それがしが殿をお守りします」

文左衛門が声を張った時、四人の家来が一斉に刀を振り上げ、斬りかかろうとした。

その目の前に竹の棒が投げ込まれ、家来たちが引く。

現れたのは、黒塗りの編笠《あみがさ》を着けた侍だ。

素早く刀を抜いて家来たちに迫り、一人、また一人と、またたく間に倒してゆく。

助太刀《すけだち》と見た文左衛門は、左近の横に並び、伊崎に斬りかかった。

左近も伊崎に向かい、左から斬りかかってきた剣客の一刀をかわして太腿《ふともも》を斬り、下がる伊崎に迫る。

「おのれ！」

伊崎が文左衛門に斬りかかり、受け止めた文左衛門を押し離し、左近に向く。

「下がっておれ」

文左衛門に命じた左近は、正眼に構え、ゆるりと下段に転じて、刀身の腹を相手に向けた。

葵一刀流を極めている左近の隙のない構えと剣気は、相手を圧倒する。

伊崎も剣を極める者だろうが、表情がより険しくなり、額から汗が流れた。

正眼の構えで応じた伊崎は、気合をかけて迫る。

袈裟斬りに打ち下ろす伊崎の懐に飛び込んだ左近は、一閃して斬り抜ける。

振り向いた伊崎は刀を振り上げたが、目を大きく見開いたまま呻き声と共に刀を取り落とし、膝から崩れ落ちた。

左近の横に来た助っ人が、

「お見事」

一言告げると、編笠の端を持ち上げた。

「加納新之助殿か」

新之助は不敵な笑みを浮かべると、大窪に向かって告げる。

「そのほうの悪事は、高坂屋杉右衛門が白状した」

「何……」

「まずは火事だ。甲府藩士に手抜きを見抜かれたのを恨《うら》んだそのほうの策で、杉右衛門の手の者が火付けをいたした。出役したそのほうが、大工の権八が建てていた新八郎の商家を引き倒しにかかり、頑丈すぎてびくともせぬなどとひと芝居打ち、延焼させたであろう」

大窪は左近をちらりと見て、動揺の色を浮かべる。

「何者か知らぬが、妄言《もうげん》を吐くのもたいがいにいたせ」

新之助は親指と人差し指を唇に当て、口笛《くちぶえ》を吹いた。

黒の羽織袴《はおりはかま》を着けた家来と思《おぼ》しき侍に連れられて杉右衛門が引き出されると、大窪の前に正座させられた。

新之助が言う。

「これでもまだ白《しら》を切るか」

ぐうの音《ね》も出ぬ大窪は、悔しそうに呻いた。

「上様の耳に必ずや入れる。覚悟して沙汰《さた》を待つがよい」

左近が告げると、助ける家来もすでにおらぬ大窪は身体から力が抜け、その場に膝をついて首《こうべ》を垂れた。

新之助が左近に向き、頭を下げる。

「では、これにてごめん」

「待たれよ。貴殿のまことの名を聞きたい」

左近は求めたが、新之助は微笑むだけで答えず、立ち去った。

小五郎が来たのは、文左衛門が悪党どもを縄で縛り終えた頃だ。

杉右衛門が捕らえられているのを見て驚き、左近の前に片膝をつく。

「木場の屋敷に行きましたところ、何者かが連れ去っておりました」

「加納新之助殿だ。助太刀してくれた」

小五郎は左近と目を合わせる。

「では、越前葛野藩の者でしょうか」

「間違いなかろう」

左近は、若き藩主ではないかと思っているが、口には出さなかった。

その加納新之助は、供の者を連れて町を歩いている。

四辻《よつじ》をまっすぐ通り過ぎ、商家が並ぶ雑踏《ざっとう》の中に入ると、どこからともなく現れた四人の侍が新之助を囲み、守りながら進んでゆく。

やがてその者たちは、越前葛野藩の上屋敷に入っていき、表門が閉ざされた。

第三話　命喰《いのちぐ》い

一

江戸に戻っていた元赤穂藩士の三峰勝九郎《みつみねしょうくろう》は、深川のよもぎ長屋で、近所の子供たちに読み書きを教えながら暮らしている。

その日食うのがやっとの貧しい暮らしだが、勝九郎は元赤穂藩士であることをひた隠し、明るく過ごしていた。

実家である五千石の旗本、三峰家から勘当されたのは、逗留《とうりゅう》していた鎌倉《かまくら》の旅籠《はたご》で知った。

教えてくれたのは、密《ひそ》かに文《ふみ》を交《か》わした母のお徳《とく》だ。

勝九郎が勘当されてからも、母は勝九郎の同腹の妹である千夏《ちなつ》と共に番町《ばんちょう》の屋敷で暮らしているが、父宗実《むねざね》の正室の時江《ときえ》から虐《しいた》げられ、肩身の狭い思いをしていることだろう。

悔しいが、今の己には何もできない。

勝九郎は、勘当されたのを知った日から仇討《あだう》ちに加わるべく江戸に戻り、堀部安兵衛たちを捜しはじめた。だがその時にはもう遅く、大石内蔵助の策で行方をくらましていたため、どうしても見つけられなかったのだ。

討ち入りを知ったのは、愚《おろ》かにも大石内蔵助を捜しに京へのぼってしまっていた時だった。

吉良の首を取り、泉岳寺に行く義士《ぎし》たちの雄姿《ゆうし》さえも見ることができなかった勝九郎は、墓前で腹をかっさばいて、方々《かたがた》のあとを追おうとした。だが、後《おく》れを取った己の血で汚《けが》してはならぬと思いとどまり、以後死ねずに、今日にいたっている。母とは、勘当を知った時から一度も連絡を取り合っていない。父と時江に知られれば、母と妹の立場がより悪くなるに決まっているからだ。

誰からも望まれず、死にそこねた苦しみから逃れたくて、一度だけ、剣の師である堀内源左衛門《ほりうちげんざえもん》に会いに行った。

「お前は生かされたのだ」

こう告げた源左衛門は、可愛い弟子が生きていたと喜び、目を赤くしていた。

世間では忠義の者として称賛《しょうさん》されている義士たちだが、堀部安兵衛や奥田孫太夫が逝《い》ってしまったことを、師匠は悲しんでいるのだと察した勝九郎は、何も言えなくなった。

「よいか。生かされたからには、必ずやその意味がわかる時が来る。そうこころがけ、皆のぶんも長生きをせよ」

師匠の言葉を胸に刻《きざ》んだつもりの勝九郎であるが、夜になるとどうしてもこころが沈んでしまう。仇討ちに加わらなかった己を責め苦しみ、悪夢にもうなされるのだ。

長屋は壁が薄いため、勝九郎が夜な夜ならなされているのは隣の住人に聞こえてしまい、右隣に暮らす若い夫婦は、朝に顔を合わせるとあからさまに不機嫌な態度を取り、

「またうなされていましたね」

亭主はそう言うと、あくびまでしてみせる。

勝九郎は恐縮して頭を下げ、時にはなけなしの銭で米を買い、詫《わ》びに行くこともある。

すると決まって女房は機嫌よく、

「気を使わないでくださいよ。お互い様ですから」

こう言いながらも、米はしっかりと受け取るのだ。

勝九郎も受け取ってもらうと気が楽になるため、それはそれでいい。

そのいっぽうで、左隣の部屋に暮らす、呉服屋の番頭吉四郎《きちしろう》の家族には、頭が上がらない。

吉四郎はとても人がよく、妻のお貞《さだ》と一人娘のお清《きよ》は、何かと気にかけてくれ、時には食事を届けてくれるのだ。

毎晩のようにうなされているのを心配してくれるお清に対し、勝九郎は決まって、犬に追われる夢を見るのだと笑ってごまかす。

初めてそう告げた時、

「わたしも幼《おさな》い頃犬に追われたせいで、今も怖いのです」

お清はこう返し、二人で笑ったものだ。

そんなお清は、親の助けになればと、大川のほとりにある、船頭たちに人気の茶店で働いている。

明るくて優しいお清に出会えたことは、勝九郎にとって幸運だったと言えよう。

気落ちし、暗闇の中でもがいていた勝九郎が子供に読み書きを教えるようになったのも、お清の導きだったのだ。

「お武家様でしたら、読み書きを教えてください」

こう言われた時、何かお返しがしたいと考えていた勝九郎は快諾《かいだく》した。てっきり、お清が習いたいのだと思い引き受けたのだが、喜んだお清は近所の女房たちを集めてくると、勝九郎を紹介したのだ。

これまで子供を習わせていた者が、黙って旅に出てしまったらしく、親たちは浪人の勝九郎に期待したのだ。

断る理由もない勝九郎は快《こころよ》く引き受け、以来、親たちが提供した仕舞屋《しもたや》に通い、三十五人の子供たちに読み書きを教えている。

下は六歳から上は十二歳の子供たちは、男女の小競《こぜ》り合《あ》いも起きず皆仲がよく、勝九郎を師と崇《あが》めて素直で、読み物に対する好奇心は旺盛《おうせい》だ。

この子たちの成長を見守ることが、源左衛門先生がおっしゃった、生かされた意味だろう。

そう考えると、懸命に学ぶ子供たちの姿が眩《まぶ》しく、希望が持てるのだった。

「お清さんのおかげです」

勝九郎は、部屋にまんじゅうを持ってきてくれた折に、面と向かって頭を下げた。

お清は嬉しそうに微笑《ほほえ》み、こちらこそと言う。

「子供たちの親から感謝されて、今日はそのお裾分《すそわ》けです」

聞けば、遊んでばかりいた十歳になる商家の息子貫太郎《かんたろう》が、勝九郎の書を手本に書道に励《はげ》み、字が上達したと喜び、勝九郎を紹介してくれたお清に礼をするため、わざわざ日本橋まで行って求めてきた物だという。

甘い物を久しく食べていなかった勝九郎は、おなごの手のひらほどの大きさのまんじゅうを手に取って割り、半分をお清に渡した。

「わたしは……」

遠慮するお清に、勝九郎は言う。

「二人で食べたほうが旨《うま》い」

微笑んで受け取ったお清は、この店のまんじゅうは初めて食べたらしく、目を細める。

「甘くておいしい」

「うん、旨い」

二口目を口に含んだところで、勝九郎は茶を淹《い》れに台所に立った。

恐縮するお清に、いいからと言って淹れて戻ると、子供たちのことで話をはずませる。

そんな中、お清はふと思い出したように告げた。

「おとっつぁんが、長年奉公した呉服屋から、暖簾《のれん》を分けてもらえそうです」

勝九郎は嬉しくなった。

「ここに越してきて初めてあいさつをさせてもらった時、吉四郎殿は、自分の店を持つのが夢だとおっしゃっていた。そうか、それが叶《かな》うのだな」

「まだ正式に決まったわけではないのでしょうけど、なんだか毎日嬉しそうで、おっかさんも喜んでいます」

「ということは、店開きが決まればお清さんも今の仕事を辞《や》めて、手伝うのかい」

お清は考える顔をする。

「わたしは……どうでしょう」

「そう言われておらぬのか」

「忙しそうですから、その話にはなっていないんです。わたしは、今の仕事が好きですし」

「そうか」

一度お清が働く茶店に行ったことがある勝九郎は、楽しそうに客と会話をする姿を思い出し、父親は遠慮しているのかもしれないと思うのだった。

お清が袖《そで》に手を伸ばしてきたので、勝九郎は驚いた。丸い小顔が近づいたからだ。

「ほつれています」

「なんと」

見ると、確かに右の袖から糸が垂れ下がり、縫い目が割れていた。

「いつの間に」

「どこかに引っかけたのでしょう」

そう言って顔を上げたお清と、鼻が当たりそうなほど間近で目が合い、はっと息を呑《の》んだ勝九郎は思わず横を向く。

お清も慌《あわ》てて離れ、赤くした顔をうつむけながら言う。

「お脱ぎください」

「えっ」

驚く勝九郎に、お清ははっとする。

「縫いなおしますから」

勝九郎ははいと応じて立ち、帯を解きにかかる。

お清は背を向け、下を向いた。

着物を一枚しか持っていない勝九郎は、薄っぺらい寝間着に着替え、着物を畳《たた》んで床に置いた。

「お願いします」

振り向いたお清は笑顔で受け取り、隣に帰っていった。

夜が更《ふ》け、布団に横になった勝九郎は、間近で見たお清の顔を目に浮かべ、微笑む。

「今日は、いい夢が見られそうだ」

はずむ己の気持ちに気づいた時、勝九郎は起き上がった。

お清がいる隣の部屋を隔《へだ》てる薄い壁を見つめ、父親が店を持てば、ここから出ていくのだろうかと思い、寂しくなったのだ。

勝九郎の耳に、お清を商売に誘う吉四郎の声が聞こえたのは、枕元に畳んでいる、お清が直して届けてくれた着物を見つめていた時だった。

お清がなんと返事をするか気になったが、高くて耳に心地よい声はすれども、内容は聞き取れない。

壁に耳を当ててみようかと思ったものの、盗み聞きはいかんと己を戒《いまし》め、夜着《よぎ》を被《かぶ》って横たわり、背中を向けた。

「わたしは、いいと思うんだがなぁ」

壁のすぐそばで吉四郎の声がしたので、勝九郎は思わず振り向いた。

だが、それきり声はしなくなり、程なくして吉四郎のいびきが聞こえはじめたので、勝九郎も目をつむり、いつの間にか眠った。

二

「お清ちゃん、ここに置いとくぜ」

「ありがとうございます。お気をつけて」

「あいよ。今日もいい笑顔をしているねぇ。元気をもらったぜ」

船頭はそう言って茶菓《さか》の代金を長床几《ながしようぎ》に置き、吉原《よしわら》に客を運ぶ仕事に戻っていった。

お清は折敷《おしき》を手に出ると、代金と器《うつわ》を片づけて奥に戻る。

その様子を、柳のそばにある地蔵堂に隠れて見ている三人の若者がいる。

家柄のよさが見て取れる身なりの三人は、いずれも旗本の息子たちだ。

まるで獲物を見るような目でお清を見ていた青髭《あおひげ》の男が、仲間に問う。

「竹川《たけかわ》、どうだ」

すると、首に黒い痣《あざ》がある男が答える。

「うむ、申し分ない。近田《ちかだ》、お前の目は確かだな」

「であろう。昼間に見かけて、ぞくっとしたのだ。あのように美しい女、旗本にもそうはおらぬ。町の女にしておくのが惜しいくらいだ」

竹川は笑った。

「おぬしがせっかく見つけた女だ。妾《めかけ》にするか」

すると、もう一人が慌てた。

「それはだめだ。独《ひと》り占《じ》めはいかん」

竹川はふたたび笑い、近田に言う。

「見ろ、奥村《おくむら》が涎《よだれ》を出しておるぞ」

奥村は袖で口を拭《ぬぐ》い、両手を胸の前で交差して己の身を抱える。

「ああ、早く柔肌《やわはだ》に触れたい」

「落ち着け。娘は通いだろうから、帰りを狙うぞ」

吹けば飛びそうな小さな店と、客とお清の会話からそう察していた竹川は、二人の仲間と、その時を待った。

睨《にら》んだとおり、お清が店のあるじに頭を下げて家路についたのは、日が西に傾《かたむ》きはじめた頃だ。

紺《こん》の小袖《こそで》に赤い帯の後ろ姿が、三人の目を釘づけにしている。

「抜かるな。例の空き家に引きずり込めば、あの女はおれたちの物だ」

竹川が言い、あたりを探りながら追ってゆく。

まったく気づかないお清は、途中にある呉服屋を意識して見ながら、歩いていった。


「先生、また明日」

「気をつけて帰るのだぞ」

元気な子供たちを送り出した勝九郎は、戸締まりを終えた。

学《まな》び舎《や》として使っている家の庭には立派な栗《くり》の木があるのだが、大きな栗がたくさん実《みの》り、自由に拾ってよいと言われて喜んだ男児が、まだ決めていなかった手習所《てならいどころ》の名を大栗塾《おおぐりじゅく》にしようと言いはじめ、勝九郎はおもしろいと思い採用していた。

子供たちが拙《つたな》い字で書いた看板の文字を見上げた勝九郎は、来年もいい栗が実るとよいがと思いつつ、家路についた。

よもぎ長屋は、商家が並ぶ通りをまっすぐ歩いた目と鼻の先にある。

お清が夕餉《ゆうげ》を持ってきてくれるのを楽しみにしている己の気持ちに気づいた勝九郎は、もらってばかりではいかんと思い、立ち止まって腕組みをした。

「十七歳の娘は、何を好むのか」

独りごちて周囲を見た勝九郎の目にとまったのは、小間物屋に飾られている簪《かんざし》だ。

店をのぞき、お清の顔を想像して銀細工を手に取ったものの、

「想いが迷惑になるだろうか」

ふと不安になり、元に戻した。

期待を込めた目を向けていた店の者が、微妙な笑みを浮かべている。

「備えあれば、憂《うれ》いなしか」

いつか折を見て渡すと決めた勝九郎は、なけなしの銭をはたいて手に入れ、意《い》気揚々《きようよう》と帰った。

長屋の路地に入ると、部屋の戸口に立っていたお清の母親が、おろおろと心配そうな顔をしている。

勝九郎は足を速めて近づいた。

「お貞さん、ただいま帰りました」

何かあったのかと訊《き》く前に、お貞が焦《あせ》りの色を浮かべながら口を開く。

「勝九郎様、お清がまだ帰らないんです。見かけませんでしたか」

勝九郎は、簪の箱を背に隠して応じる。

「いいえ、見ていません」

いつもは、勝九郎が大栗塾から帰る頃には、お清は母親を手伝い、夕餉の支度をしている。

「確かに、遅いですね」

勝九郎が木戸を振り向くと、お貞が不安を漏らす。

「ついひと月前、うちの人が、若い娘さんが空き家で男に乱暴されて無惨《むざん》に殺されたから、気をつけるよう言ってたのを思い出したから、心配で心配で」

手をさすり、落ち着きのない様子のお貞は、自身番に届けようか迷っているようだ。

まだ日があるため、町役人に心配しすぎだと言われやしないかと思っているのだろう。

だが勝九郎も心配になり、お貞に言う。

「ひとっ走り、店を見てきます」

お貞の返事を背中に聞きながら、簪の箱を部屋に置いた勝九郎は、町中を大川に向かって急いだ。

茶店に行くと、まだ商売をしていた。客が大勢いるため、お清は居残りで手伝っているのだろうと安堵《あんど》して行くと、あるじ夫婦が忙しく働き、お清の姿はなかった。

不安になった勝九郎は、湯呑《ゆの》みを載せた折敷を持って出た女房に声をかける。

「よもぎ長屋の者だ。お清さんの母親が帰りが遅いのを心配しておるゆえ、迎えにまいった」

すると女房は、不思議そうな顔で応《こた》える。

「お清ちゃんなら、いつもの刻限に帰りましたよ」

「何、それはまことか」

「えっ、帰っていないんですか」

逆に問われて、お清の身に何かあったに違いないと心配した勝九郎は、来た道を捜しながら戻った。

お清が通る近道の途中には、夕暮れ時になると人気《ひとけ》がなくなる物騒な場所がある。

明るいうちは大丈夫だと笑っていたお清の顔を思い出しながら、勝九郎は足を進めた。

問題の通りに入ると、新築途中の家や、まだ住人が入っていない空き家が目立ち、明かりはなく薄暗い。

日が沈んだばかりの西の空を頼りに捜していると、空き家の戸が半分開いているのを見て立ち止まった。

お貞の言葉が脳裏《のうり》に浮かんだ勝九郎は、急ぎ戸を開けて中に入った。真新しい木の匂いがする。人の気配はない。それでも確かめるため、草履《ぞうり》を脱いで勝手に上がると、廊下の奥で物音がした。

「お清ちゃん、いるのか」

いるなら返事をしてくれと声をかけて急ぎ、わずかに開いていた木戸を開けると、黒い影が足下を走った。

驚いて跳び退《の》いた勝九郎が見ると、一匹の黒猫だ。

驚いたような顔でこちらを見た猫は、勝九郎が入った表の戸口へ走ってゆく。

「脅《おど》かすなよ」

安堵の息を吐いた勝九郎は空き家から出ると、別の道から長屋に帰っているかもしれぬと思い、一旦戻ると決めて、捜しながら帰った。

長屋の路地に入ると、部屋の戸口の前で、お貞とお清が男に頭を下げていた。

胸をなでおろした勝九郎は、改めて相手を見る。

男は身なりがいい町人だ。歳は二十代後半だろうか。

勝九郎に気づいたお貞が、目に涙を溜《た》めて駆け寄る。

「何かあったのですか」

問う勝九郎にお貞が告げたのは、耳を疑う内容だ。

お清が武家の三人組によって空き家に連れ込まれそうになっていたところを、男に助けられたのだと言うではないか。

驚いた勝九郎は、お清の身を案じた。

「怪我《けが》をしたのか」

お清は首を横に振り、今にも泣きそうな顔で答える。

「このお方が助けてくださいました。とてもお強くて、三人の侍を追い払ってくださったのです」

お清の右手首を見た勝九郎は、目を見張った。

「痣になっている」

「強くにぎられて、引っ張られたからでしょう」

こう告げた男に、勝九郎は頭を下げた。

「お助けくださり、かたじけのうござった」

こころから安堵し、頭を下げ続ける勝九郎に、男は恐縮している。

「せめてお名前だけでも、お教えください」

お貞が言うも、男は優しい笑顔で首を横に振る。

「騒ぎを聞いて町の人たちが来たおかげで、相手が逃げたのです。手前は当たり前のことをしただけですから、お気になさらず」

物腰柔らかくそう告げた男は、帰っていった。

頭を下げて見送るお清に、勝九郎は問う。

「けしからぬ武家を許すわけにはいかない。どんな男だったか話せるか」

お清は首を横に振る。

「覆面を着けていたから、顔はわかりません。でも一人だけ覚えています。首の右側に、一文銭《いちもんせん》の大きさの真っ黒い痣のようなものがありました」

勝九郎は自分の部屋に二人を入れ、戸を閉めて告げる。

「空き家に連れ込もうとした手口を聞いて思ったのだが、その三人組が、先ほどお貞さんが言っていた、ひと月前に起きた殺しの下手人《げしゅにん》かもしれない」

お貞が眉間《みけん》に皺《しわ》を寄せながらうなずく。

「わたしも、聞いてぞっとしたんです」

「お清さん、明日から当分店を休んだほうがいい」

「それはできないのです。明日から女将《おかみ》さんは、赤ちゃんを産んだばかりの娘さんを手伝いに行かれるから、人手がないと旦那さんが困ってしまいます」

お貞が、そんなことを言っている場合かと叱《しか》ったが、お清は微笑む。

「明るいうちに、人が多い道を選んで帰るから大丈夫。心配しないで」

「でもお前……」

お貞は困った顔で助けを求める。

「勝九郎様からも言ってやってください」

応じた勝九郎が問う。

「どうしても休めないのか」

「はい」

「ではこうしよう。明日からわたしが迎えに行く」

お清は目を見張り、顔の前で手を振って遠慮する。

「お願いします」

頭を下げるお貞に承知したと応じた勝九郎は、お清に言う。

「わたしが落ち着かないから、そうさせてくれ」

お清はうつむき、嬉しそうな笑みを浮かべた。

安堵して上《あ》がり框《かまち》に腰かけたお貞の袖が、勝九郎が置いていた桐《きり》の箱に当たって落ちた。

「あっ、ごめんなさい」

慌てたお貞が拾おうとして、箱の蓋《ふた》がはずれた。

銀細工の簪を見て、勝九郎に顔を向ける。

「簪を渡すようなお相手がいらっしゃるのですか？」

勝九郎は首を横に振り、簪を返してもらってじっと見つめる。

ふと、助けてくれた男を見るお清の眼差しが気になった勝九郎は、気持ちを抑《おさ》えた。

「好いた人はおりますが、渡す勇気がありません」

そうごまかして笑うと、お貞は含んだ笑みを浮かべて、ちらとお清を見た。

当のお清は、先ほどから勝九郎を見ているのだが、目を合わせられぬ勝九郎はそれに気づかない。

お貞が立ち上がり、

「渡せる日が来るといいですね」

明るく微笑むと、お清に夕餉の支度をしようと言い、隣に帰っていった。

三

翌日は、爽《さわ》やかな青空が広がり、道行く人々の表情もどことなく明るいように見える。

竹川、近田、奥村の三人組は永代橋《えいたいばし》を渡ってくると、お清が働く店の近くまでやってきた。

この者どもは、道行く者たちの明るい様子とはかけ離れた、悪だくみに満ちた表情をし、特に、笑顔で客の相手をしているお清に向けているのは、色欲《しきよく》に飢《う》え、執念深さを感じさせるねっとりした眼差しだ。

道を歩いてきた若い女連れが、三人に危険なものを感じて端へ寄り、小走りで去る。

目もくれぬ三人が異様な視線を向ける先には、お清がいる。

竹川が言う。

「昨日は邪魔が入ったが、やはりあの女はあきらめられぬ」

近田が、青髭の顎《あご》をさすりながら応じる。

「次は、じっくり攻めようではないか。近づくにしても、警戒されてはやりにくい。まずは、我らに気づくか調べるのが先だ」

「よし、確かめよう」

若い力を曲がったことに使う三人は、顔を隠さず店に行き、川を向いて長床几に腰かけた。

お清がすぐに来て、笑顔で注文を取る。

「初めて来るのだが、そなたのおすすめはなんだ」

近田が問うと、お清はやや緊張した面持《おもも》ちで答えた。

「甘辛《あまから》い醬油《しょうゆ》だれをたっぷりつけて焼いた、お餅《もち》が人気です」

「ではそれをいただこう」

「かしこまりました」

奥に下がるお清の後ろ姿を舐《な》めるように見つめる三人は、顔を見合わせてほくそ笑む。

程なく出された餅を食べながら、お清や店の様子を探り、代金を置いて早々に立ち去った。

店を見渡せる場所まで戻った近田は、振り向いて言う。

「竹川、女はおれたちの首を見ていたな」

竹川はほくそ笑む。

「初めは警戒しておったようだが、痣がないと知ると表情を和《やわ》らげた。まさか、おれが化粧で痣を描いていたとは思うまい」

悪事を働く際は、人の目を欺《あざむ》くため痣を描いている竹川は、得意顔だ。

近田が言う。

「今夜こそ、攫《さら》うか」

竹川は首を横に振る。

「焦るな。今日はばれておらぬか確かめに来ただけだ。それに、昨日の今日ゆえ警戒をしておろう」

「楽しみはあとに取っておくか」

「そのほうが、気持ちが高ぶるというもの。帰るぞ」

その場から離れようとした時、奥村が声をあげた。

「おい見ろ。あの白地の着物に黒羽織《くろばおり》の男は、昨日邪魔をした者に似ておらぬか」

指し示す方向を見た近田と竹川が、奥村の腕を引いて商家と商家のあいだの路地に隠れた。

見られていることに気づかぬ男は、川上に向かって歩いてゆく。

帰った客の皿と湯呑みを片づけていたお清は、店の前に昨日の恩人の姿を見つけて、声をかけた。

「あの、もし」

男は驚いて立ち止まる。

「おや、お清さん。ここで働いていたのですか」

「はい。昨日はほんとうに、ありがとうございました」

「いやいや」

優しい笑顔の男に、お清は床几をすすめた。

「おかけください。今お茶を持ってきますから」

「かえって気を使わせて、申しわけない」

「何をおっしゃいます。さあどうぞ」

「では、遠慮なく」

男は床几に腰かけ、穏やかな顔で川の景色を眺《なが》めた。

茶と店自慢の焼《や》き餅《もち》を持ってきたお清は、熱いうちにどうぞと言って置く。

一口食べた男は、目を細める。

「旨い。今朝から歩き回って小腹が空いていたから、助かるよ」

「お仕事ですか」

「そうなんだ。わたしは品川で履物屋《はきものや》をしているんだが、このたび深川に出店を構えることにしてね。それで下見に来ているんだよ」

お清は、折敷を抱えて切り出す。

「あの……なんとお呼びすればよろしいでしょうか」

男は困った様子で、お清に顔を向ける。

「助けたのを恩に着ないと約束してくれるなら、教えよう」

ますます好感を抱いたお清は、満面に笑みを浮かべた。

「お約束します」

男は微笑む。

「わたしは、誠一《せいいち》といいます。履物屋をしているといっても、実を言うとまだ見習いでね。父の命令で店を出す土地を探しているんだが、町に不慣れで、どこがいいかわからなくて困っているんだ」

「では、しばらく深川にいらっしゃるのですか」

「そうなるだろうね。旨い焼き餅に出会えたのは、何よりの収穫だよ。声をかけてくれてありがとう」

「いえ、こちらこそ」

「いくらだい？」

「今日は、お礼をさせてください」

「お清さん、恩に着ない約束だよ」

「あっ」

笑った誠一は銭を渡し、また来ると言って立ち去った。

「ありがとうございました」

明るく声をかけてお辞儀をしたお清は、嬉しそうに店の中に入っていった。

「あの者、許さぬ」

二人の様子を見ていた竹川が、誠一に殴られた腹をさすり、恨《うら》みに満ちた目を向けている。

「我らの邪魔をしたことを後悔させてやる。奴の住処《すみか》を突き止めるぞ」

行こうとする竹川を奥村が止める。

「三人では目立つ。ここはおれにまかせろ」

奥村は、人の跡をつけるのを得意としている。

素直に応じた竹川と近田は、三人の中で永代橋の西詰に一番近い竹川の屋敷で待つと告げて去った。

跡をつける者の存在に気づいた様子のない誠一は、店を出す場所を探しながら、時々立ち止まり、通りを行き交《ゆか》う人や建物を見ている。

履物屋だけに、人の流れが気になるのだろうか、歩いているのを目で追い、気がすむとその場から離れてゆく。

そのあいだ奥村は、物陰から目を離さない。

やがて誠一は、深川で普請《ふしん》が続く材木置き場を見渡せる堀端を歩き、久永町《ひさながちよう》のあたりに来た。

三辻《みつつじ》の角を左に曲がるのを見届けた奥村は、少しあいだを空けてゆく。だが、曲がった先に、誠一はいなかった。

　この一帯は、新しい町家が建ちはじめてはいるものの、まだまばらのためすぐに見つけられるはず。

　この町のどこかに住処があると見当をつけた奥村は、仲間に知らせるため引きあげてゆく。

　この時誠一は、他の家とは少し離れた場所にある二階建ての一軒家に入っていた。

　品川の履物屋の倅《せがれ》と言うだけあり、家は大きく、八十の建坪はあろうか。

　真新しい十六畳の座敷は書院造《しょいんづく》りで、床の間には高価な青磁《せいじ》が飾られ、襖《ふすま》も山河や鳥の見事な絵が施《ほどこ》されている。

　暮らし向きに困った様子のない誠一だが、このように広い家に身の回りの世話をする者の姿はなく、たった一人で暮らしているようだ。

　翌日、竹川、近田、奥村の三人組は、色欲を満たす邪魔をしたことと、女の前で恥《はじ》をかかされたのを恨みに思い、誠一に仕返しをしようと、見失った場所へやってきた。

「このあたりにいるはずだ」

奥村が言い、人気《ひとけ》が少ない町を捜し回った。

しつこく一刻(約二時間)ほど歩いても、憎き相手の姿はない。

「おそらくこの町ではない。茶屋の女のところへ現れるのを待つほうが早いのではないか」

竹川の苛立《いらだ》ちに応じた近田が立ち止まり、青髭の顎をさすりながら、鋭い目を通りに向けている。

奥村も認めて、己の思い過ごしだったと告げた時、鷹《たか》が獲物を探すように目を光らせていた近田が声をあげた。

「いたぞ、奴だ」

指差す先には、四辻《よつじ》を左から右に通り過ぎる男の姿があった。

横顔は確かに、憎き相手のものだ。

三人は四辻に走り、家に押し入ると申し合わせて角から顔を出す。

誠一は、家の表の戸を開け、中に入って閉めた。

「見つけたぞ」

奥村が言えば、近田が気を吐く。

「ここは人気《ひとけ》がない。ゆくぞ！」

三人は家に走って取りつき、表の戸を開けて押し入った。

土間を奥に行くと、囲炉裏《いろり》がある板の間に目当ての誠一の姿はなく、老婆と老爺《ろうや》が向かい合わせで座っていた。二人で昼餉をとっていたのか、驚きのあまり身を固めた老爺は、味噌汁《みそしる》のわかめを口からだらりと下げ、見開いた目を向けている。

老婆が侍たちに平伏《へいふく》した。

奥村が声を張り上げる。

「息子はどこにおる」

老爺はわかめを吐き出し、汁椀《しるわん》を置いて答える。

「わしらに子はおりませぬ。二人で暮らしております」

奥村がじろりと睨む。

「嘘《うそ》を申すでない。我らは、男がこの家に入るのをこの目で見たのだ」

「奥村、年寄りは放っておけ。捜すぞ」

近田が言い、勝手に奥の襖を開けて確かめ、そのまた奥にある部屋にゆく。

家中を捜したが、誠一はどこにもいなかった。

「確かに見たが、どういうことだ」

言った竹川が裏の縁側に立ち、木戸がわずかに開いているのに気づいた。

「そういうことか。奴は、この家を通り抜けただけのようだ」

すると近田が言う。

「我らに気づいていたのか」

「そうかもしれぬ。だが、このあたりに住処があるのは間違いない。ここからは、三人で手分けをして捜そう」

「よし」

竹川は、目を白黒させている老夫婦の前に行き、頭を下げた。

「邪魔をした。許せ」

「へへぇ」

武家に文句のひとつも言わぬ老夫婦の家を出た三人は、一刻後に落ち合う約束をして途中で別れ、誠一を捜しに走った。

奥村は、昨日見失った周辺の家を一軒ずつ回り、入念《にゅうねん》に調べはじめた。

どの家も商家の持ち物だが、金に余裕がある様子で、住み込みの奉公人がいる。

背が高く細身で、穏やかな顔つきをした誠一の特徴を述べて問うも、どの家の者からも決め手となる答えは得られない。

やはり、お清の店に現れるのを待つほうが早いかもしれぬ。

奥村はそう考え、他を当たっている近田と竹川を捜すべく、通りを歩きはじめた。

人気《ひとけ》がない狭い通りに入り、先を急いでいた時、いきなり後ろから襲われ、腕で首を絞《し》められた。

奥村は腕を解こうと必死にもがいたが、ふっと意識が遠のき、だらりと両手が垂れた。

どれほど闇の中にいたのか、奥村が意識を取り戻してふと目を開けると、目の前の床几に腰かけている誠一が、じっと見つめていた。

これまでとは別人のような、感情のない表情が不気味に見えた奥村は、本能的に命の危険を感じて逃げようとしたのだが、身体が動かない。

ここで初めて、台の上で仰向《あおむ》けにされ、手足を大の字に縛られているのに気づいた。

「おれは、命じられて動いていただけだ。助けてくれ」

情けない声で命乞《いのちご》いをする奥村に、誠一はやおら立ち上がり、近づいてくる。

その手には、焼酎《しようちゆう》の徳利《とくり》を持っている。

顎を下からわしづかみにされ、強い力を込められた奥村は、痛みに耐えかねて口を開けた。そこへ、逆さにした徳利の口を突っ込まれた。

焼酎が鼻に上がり、息ができず苦しみもがいていると、徳利をはずされた。

ひどく咳《せ》き込む奥村が落ち着いたところで、誠一が感情のない顔を近づける。

「首に痣《あざ》がある男はどこにいる」

「し、知らん」

「ならば、お前に用はない」

奪っていた奥村の脇差を手に取った誠一は、鞘《さや》から抜いて刃《やいば》を喉《のど》に当てた。

「ま、待て！　言う、言う！」

刃物を離した喉に、赤い血の筋が浮く。

完全に手中に落ちた奥村は、痣は襲った女を欺くために、化粧で作っていたと白状した。

「その者の名は」

「竹川純一郎《じゆんいちろう》。二千石の旗本の長男だ」

「もう一人は」

「近田錦五郎《きんごろう》。同じく旗本の跡取り息子だ。わたしは……」

名乗ろうとした奥村は顎をつかまれ、ふたたび焼酎を大量に飲まされた。

苦しみながらも、必死に命乞いをする奥村に、誠一は言う。

「安心しろ。お前には、やってもらうことがあるから殺しはしない。さ、たっぷり飲むがいい」

三度徳利を口に突っ込まれた奥村は、酔いが回って意識がなくなるまで飲まされ続けた。

四

「水をかけろ！」

声と同時に大量の水が顔に落ちてきた奥村は、驚いて起き上がった。

何が起きたのかわからぬ様子で、目の前にいる男を見る。

縞《しま》の小袖に紋付羽織《もんつきはおり》を着け、十手を手にしているのを見てようやく町方同心《まちかたどうしん》だと認識した奥村は、助かったと安堵の息を吐くも、怒りが込み上げる。

「水をかけるとは何ごとか。わたしは旗本……」

「黙れ！」

怒鳴られてびくりとした奥村は、十手で肩を打たれ、激痛に呻《うめ》く。

「この人殺しめが！」

耳を疑う怒鳴り声に、奥村はわけがわからない。

「何を言うておる。殺されかけたのはわたしのほうだ」

すると同心は、顎を右に振って示す。

「か弱いおなごを手にかけておいて、何を言うか。この人殺し」

二度も人殺しと言われて、奥村は同心が示すほうに顔を向ける。

すると、鷹の襖絵《ふすまえ》が目に飛び込んできた。この部屋には見覚えがある。普段は閉め切られている座敷はかび臭《くさ》いが、お清を引きずり込むために下見をしていた、空き家の八畳間に違いなかった。

そして奥村は、同心に応じた小者が鷹の襖を開けた奥の部屋を見て、息を吞んだ。

女が仰向けに倒れ、光のない目を奥村に向けていたからだ。着物は乱れ、口から血を流している。

「し、死んでいるのか」

同心は眉間に皺を寄せる。

「まだ酒臭い。かなり飲んだようだが、酔って女を攫い、手籠《てご》めにして殺したのを覚えておらぬとは」

「馬鹿な！　違う。それがしは殺してなどおらぬ。酒は無理やり飲まされたのだ」

「そのような嘘が通ると思うな。南町《みなみまち》奉行所にしょっ引く。神妙にいたせ」

「待て、わたしはやっておらぬ」

必死に訴えたが聞いてもらえず、奥村を一連のおなご殺しの下手人と疑っている同心は、小者に命じて縄を打たせ、南町奉行所に連行した。

吟味方与力《ぎんみかたよりき》による取り調べで、奥村は自分ではない、久永町に暮らす男に嵌《は》められたと何度も訴えた。

だが、奥村の素性《すじょう》を調べた与力は、日頃から町の娘に乱暴を働く三人組の一人である奥村の言葉にまったく耳を貸さず、同心の筋書きどおり、泥酔《でいすい》して我を忘れ、色欲に負けて女を空き家に引きずり込み、手籠めにしたあげくに口封じに殺したものの、酔い潰れて眠ったことにされた。

戸が開いているのを不審に思った町役人が中に入った時、女が死んでいる隣の部屋で、飲みかけの酒徳利《さかどくり》を抱いて奥村が眠っていたのと、指に女のものと思われる血がついていたのが、動かぬ証《あかし》とされたのだ。

目付役に引き渡された時、奥村がかけられたのは、

「ついに、やってしまったな」

という冷めた言葉だった。

奥村の首には、女が抵抗したと思《おぼ》しき引っかき傷もあり、日頃のおこないが、自らの首を絞めたと言えよう。

牢屋に入れられた奥村は、日を置かずして、斬首の沙汰《さた》がくだされた。

奥村の処刑は、近田と竹川を憤《いきどお》らせた。

「ろくに調べもせず斬首するとは、許せぬ」

怒りを吐き捨てる竹川に、近田が言う。

「目付役とご公儀は、町方に踊らされただけだ。奥村を罠《わな》に嵌めたのは、あの男に違いないぞ」

「名は誠一だ。品川の履物屋の跡取り息子だ」

近田は驚いた。

「調べたのか」

竹川はうなずく。

「奥村の濡《ぬ》れ衣《ぎぬ》を晴らすため、久永町一帯を訊いて回ったのだ。家がわからず、奥村の処刑に間に合わなかった」

悔しそうに拳《こぶし》を畳に打ちつけた竹川は、恨みに満ちた目を外に向ける。

「奴は必ずあの町のどこかにいる。捕らえて白状させ、汚名をそそいでやらねば、奥村が成仏《じょうぶつ》できぬ。そうだろう」

「うむ、やろう」

二人は刀を取って帯に差し、近田家を出て大川を渡った。

だが、誠一の名を知っている者はちらほらといたものの、付き合いもなく住処までははわからぬと言い、どうしても居場所を突き止められない。

夕暮れ時まで捜した二人は、

「また明日だ」

と、あきらめて家路についた。

永代橋を西に渡った頃には、すっかり夜の帳《とばり》が下りていた。

竹川と別れて屋敷に戻る近田は、背後に人の気配を感じて立ち止まり、振り向いた。

武家屋敷の漆喰塀《しっくいべい》に挟まれた狭い道は暗い。

姿は見えぬが、気配は確かにある。

「そこにおるのはわかっているぞ。出てこい！」

刀の鯉口《こいぐち》を切ったその時、暗闇から飛んできた刃物が肩に突き刺さった。

「うわっ」

激痛に呻き、慌てて引き抜いた刃物を捨てた近田は、刀を抜いて構える。

闇の中には何も見えず、息を呑む近田の額《ひたい》を、汗が流れる。

「おのれ！　出てこい！」

怒鳴っても、響くのは己の声だけで、なんの応答もない。

傷の痛みに顔を歪《ゆが》めた近田は恐ろしくなり、その場から走って逃げた。

翌朝、勇《いさ》んで屋敷を出かけた竹川は、近田を誘いに行った。

すると、いつもはすんなり入れてくれるはずの家来が渋り、外で待つよう告げるではないか。

不機嫌になりながらも従った竹川が門前で待っていると、脇門ではなく、物見《ものみ》窓《まど》の障子が開き、近田が顔を見せた。

何やら人が違ったように、暗い面持ちをしている。

「急げ、行くぞ」

竹川が言うと、近田は目を伏せる。

「おれは、もう関わらない」

「何？　今なんと申した」

「昨日あれから、何者かに襲われたのだ」

晒《さらし》を巻いた肩を見せられた竹川は、近田を睨む。

「相手の顔を見たのか」

「真っ暗で、何も見えなかった。恐ろしい相手だ。おぬしも、もうやめたほうがいい」

「このままでは奥村が浮かばれぬではないか。それでもよいと言うのか」

「とにかく、おれは行かぬ。すまない」

障子を閉められた竹川は頭に血がのぼり、臆病者《おくびょうもの》と罵《ののし》った。

「そうやって屋敷に籠《こ》もっておれ。町人など、おれ一人で十分だ」

肩を怒らせて永代橋を渡った竹川は、考えを変えて、お清が働く店に足を向けた。

近くに行くと、床几に腰かけている男にはっとして、物陰に隠れた。忘れもせぬ誠一が、お清と談笑していたのだ。

鋭い眼差しを向けた竹川は、

「今に見ておれ」

憎々しげに言い、見張りを続けた。

お清が他の客に呼ばれて離れると、誠一は船頭たちと話をしながら茶を飲み、銭を置いて店を離れた。

竹川が跡をつけると、誠一は深川の町を一周し、昼を過ぎた頃に久永町へ向かうと、二階建ての家に入った。

抜かりなく跡をつけていた竹川は、家を見渡せる場所に潜《ひそ》み、ほくそ笑んだ。

「やはり、この町におったか」

気づかれず家を突き止めた己の力に満足した竹川は、周囲に家がないのは好都合だと思い、他の者が家にいるか確かめるべく、しばらく見張りを続けた。

飲まず食わずで夕方まで粘る執念深さは、無念の死を遂《と》げた奥村を想うからこそだろうか、それとも、人並みはずれた自尊心がそうさせるのか。

夕暮れ時になり、家には誠一が一人だと確信した竹川は、行動に出た。

懐《ふところ》から取り出した覆面で顔を隠し、家の裏手から忍び込む。すると、六畳間の奥にある襖の向こうで、膳《ぜん》に食器を置くような音がした。

夕餉をとっているのだと察した竹川は、ゆっくり刀を抜き、襖に手をかけて勢いよく開けて踏み込んだ。

だが中には誰もおらず、板の間の中央に香炉《こうろ》が置かれ、青白い煙がたゆたっている。

誠一を捜そうとしたその時、いきなり後頭部に激痛が走った竹川は、振り向く間もなく気を失ってくずおれた。

どれほど意識を失っていただろう。

ぼんやりと目を開けた竹川は、手首と足首に痛みを感じて頭を起こすと、石畳に大の字にされ、縄で引っ張られ身動きができぬことに気づいた。

窓ひとつないここは、四方に蠟燭《ろうそく》が灯《とも》され、鼻を突く異臭がする。

腰高障子《こしだかしょうじ》が開き、誠一が入ってくると、竹川を見て微笑み、歩み寄ってきた。

手には、桶《おけ》を持っている。

「奥村を罠に嵌めたのは、お前だな」

竹川が真っ先に口にしたのは友のことだ。

誠一は答えず横に来ると、桶を置いた。中から取り出したのは、鋭い刃物だ。

「何をする気だ」

声を張る竹川に、誠一は目を向ける。

「次はどうやって、喰《く》うてやろうか」

正気とは思えぬ誠一の様子に、竹川は悲鳴をあげた。

竹川が変わり果てた姿で大川に浮かんだのは、翌朝だ。

「身体中を斬り刻まれて、むごいありさまだったそうにございます」

家来が父親に報告する声を盗み聞きした近田は、自分の部屋に逃げ戻り、押し入れに籠もって頭を抱えた。

「次はおれだ。きっと殺される」

恐怖に震えた近田は、部屋から一歩も出なくなった。

五

店の床几に腰かけている誠一は、竹川の骸《むくろ》が浮かんでいた大川を眺めていたが、両手で鼻を挟んで口を覆《おお》い、こぼれる笑みを隠した。

穏やかないつもの表情に戻った誠一が次に目を向けたのは、船頭をしている客と談笑するお清だ。

　その頃、勝九郎は、夕方暗くなる前にお清を迎えに走っていたのだが、その途中で、岩城泰徳《いわきやすのり》とばったり出会った。

　互いに気づき歩み寄ると、泰徳のほうから声をかけた。

「堀内源左衛門先生から、おぬしが深川で暮らしていると聞いて、いつか会えるかと思うていたのだ」

「その節は、大変お世話になりました」

　頭を下げた勝九郎は、込み上げる涙を笑顔に変えて、今の暮らしに満足していると打ち明けた。

　泰徳は目を細める。

「息災《そくさい》で何より。ゆっくり話がしたい。これから一杯やらぬか」

「せっかくのお誘いですが、人を迎えに行く途中なのです」

　毎日お清を迎えに行っているのだと伝えると、泰徳は率直《そっちょく》に問う。

「そのお清さんのことを、想うているのか」

　勝九郎は照れを隠しながらも、真面目な顔で答える。

「いずれは、武士を捨てるつもりです。できれば、お清さんと添い遂げたいと思うております」

「それを聞いて安心した。嬉しいぞ」

勝九郎は微笑み、真顔になって口を開く。

「正直に申しますと、生きるのが辛《つろ》うございました。前向きになれたのは、お清さんのおかげです。されど、この想いを打ち明ける勇気が、なかなか……。お清さんのために用意した簪《かんざし》すら渡せぬ意気地《いくじ》なしでございまして」

恥ずかしそうに漏らす勝九郎に、泰徳が言う。

「ではわたしが、仲を取り持とう」

勝九郎は驚いた。

「そんな、おそれ多いことにございます」

「是非そうさせてくれ」

真剣な面持ちの泰徳は、勝九郎が生きていてくれたのが嬉しく、想い人のおかげで前を向いてくれるなら、なんとしても縁を繫《つな》げたいと思ったのだ。

そんな泰徳の気持ちが伝わった勝九郎であるが、江戸でも名が知られた大道場のあるじに仲人《なこうど》をしてもらうとなると、門人《もんじん》の口から実家にも話が伝わるのではないかと心配になった。

「わたしのことは、実家に知られたくないのです」

本気で武士を捨てる覚悟の勝九郎に、泰徳は言う。

「門弟には伏せておく。それならばいいだろう。頼む、仲人をさせてくれ」

頭を下げられ、勝九郎は慌てた。

「どうか、お顔をお上げください」

「おぬしには、必ずや幸せになってほしいのだ。強引だといやがらず、世話をさせてくれ」

頭を下げ続ける泰徳に、勝九郎は恐縮しきりだが、嬉しくて涙が出た。

「わかりました。改めて、お願い申します」

「よし」

顔を上げた泰徳は、腕をつかんだ。

「行くぞ」

「どちらに？」

「まずは、想い人に会わせてくれ」

「ええっ！」

いきなりですかと困惑する勝九郎に、泰徳は笑って腕を引く。

「善は急げと言うだろう」

「わかりました」

歩きながら、勝九郎は胸を押さえる。

「なんだか、不安になってまいりました。やっぱり今日はよしましょう」

「気持ちはわかる。おれもそうだったからな」

「岩城先生も、奥方様を見初《みそ》められたのですか」

「まあ、そういうことだ」

「どのように、所帯を持ちたいとおっしゃったのですか」

「父の知り合いに頼み、申し入れたのだ。おれのことより、どうなのだ、相手にその気はありそうか」

「そこがわからないので、不安で仕方ありません」

泰徳は立ち止まった。

「迎えに行く仲なのに、わからないのか」

「理由があるのですよ」

勝九郎は、お清が三人組の侍に攫《さら》われそうになった話をした。

するど泰徳は、険しい顔で告げる。

「旗本奥村家の息子が、空き家でおなごを殺した罪で斬首されたが、それと関わりがあるのか」

知らなかった勝九郎は驚いた。

「いつの話です」

「日にちは聞いておらぬが、門弟から耳にしたのは一昨日《おととい》だ。その奥村家の息子とつるんで悪さをしていた竹川家の息子が、日を空けず無惨な姿で大川に浮かんだそうだが、それも知らぬのか」

「お清さんを攫おうとした三人組は、覆面をしていたため誰かはわかっておりませぬ。ただ、首に一文銭ほどの大きさの痣があるそうです」

「奥村と竹川と近田。この三人組はおれも知っているが、いずれも首に痣はない。となると、別の三人組か」

「物騒ですから、迎えに行っているのです」

「そういうことだったか。ともあれ、迎えを迷惑がらないのは、望みがあるのではないか」

泰徳の前向きな言葉に希望を抱いた勝九郎は、

「当たって砕《くだ》けます」

　こう述べて、歩みを進めた。

　すると、通りの先から歩いてくるお清に気づいた勝九郎は、誠一と並んで話をしているのを見て、立ち止まった。

　泰徳が横に並ぶ。

「いかがした」

「お清さんです」

　そう告げた勝九郎は、こちらに気づかないお清に声をかけた。

　するとお清は、満面に笑みを浮かべて歩み寄る。

　そんなお清を無表情で見ていた誠一は、勝九郎に笑顔を作り会釈《えしゃく》をして、お清に告げる。

「ではお清さん、わたしはこれで」

「ありがとうございました」

　お清は頭を下げて誠一を見送ると、勝九郎に向き、一緒にいる泰徳に遠慮がちな顔でお辞儀をした。

　勝九郎が言う。

「こちらは、わたしの剣の師匠のご友人だ」

「岩城泰徳です」

するとお清は、目を見張った。

「ご無礼ながら、岩城道場の先生ですか」

「いかにも」

「わあっ」

と、思わず声をあげたお清が言う。

「お店に来る船頭さんたちが、先生の話をよくされているんです。甲州様のご友人で、立派なお方だって」

泰徳は謙遜《けんそん》して微笑み、口を開こうとしたのだが、縁談のことを話されると思った勝九郎が焦り、割って入った。

「迎えに向かっていた時に、先生とそこでばったり出会ったのだ。送ってもらっていたのだな」

勝九郎は不安になっていた。お清が恩人の誠一に心惹《こころひ》かれているのではないかと感じたからだ。

顔には出さぬものの、声が沈んでいる。

わかりやすい勝九郎を泰徳が見ると、お清が言う。

「勝九郎さんが迎えに来てくださるからいいと言ったんですけど、危ないからって、どうしても聞かれなくて。出会うだろうと思いながら帰っていました」

「恩人だから、断れなかったのだな」

泰徳が言うと、お清は明るい顔で、はいと答えた。

泰徳に背中をたたかれた勝九郎は、不安になっていたのを笑ってごまかした。

泰徳が切り出す。

「お清さん、友が世話になっておるようだから、日を改めて、ご両親にあいさつにうかがいます」

「えっ、そんな、とんでもありません」

恐縮して慌てるお清に泰徳は頭を下げ、ではまたと言って意味ありげな顔を勝九郎に向けると、道場に帰っていった。

「どうしましょ、有名な道場の先生がうちに来られると知ったら、おとっつぁんとおっかさんがびっくりして、ひっくり返るかも」

「そんなに有名なのか」

「そりゃもう。甲州様のご友人ですし、見廻りをされて、悪い人をやっつけたりもされていますから。そんな先生とお知り合いだったなんて、勝九郎さんも凄《すご》いですね」

いつか素性を明かさねばならぬと思った勝九郎は、受け入れてくれるだろうかと不安になりながら、お清を守ってよもぎ長屋に帰った。

六

三人組の旗本の倅は一人残っているが、やってくる気配がない。

刃物を研《と》ぎ、舌なめずりする思いで待っていた誠一は、残念でならぬ。

気持ちを抑えられぬ誠一は、旗本の倅をあきらめ、お清に目を向けはじめた。

狙い目は、やはり仕事を終えて帰る夕暮れ時だ。

だが、毎日勝九郎がそばに寄り添っているため、なかなか手が出せない。

仲睦《なかむつ》まじい二人を遠目で見ている誠一の眼差しは、お清ではなく、勝九郎に向けられている。

蛇《へび》のような黒目は瞬《まばた》きもせず、情を感じることはできぬ。

邪魔な勝九郎を殺したくなった誠一は、きびすを返して立ち去った。

二日後、急に降り出した雨のせいで、川端の道は霞《かす》んでいた。

紺の番傘をさした勝九郎は、お清の赤い番傘を手に持ち、迎えを急いでいた。走ってきた者が目の前で止まったので傘を上げて見る。すると、ずぶ濡れの誠一が立っていた。

雨の滴《しずく》に薄まった赤い血が頬《ほお》からしたたり落ちているのを見て、勝九郎は目を見張った。

「こめかみが切れておるぞ」

すると誠一は、お清さんが、と悲痛な叫びをあげた。

道を歩いていた者たちが足を止め、商家からも人が出てきた。

驚いた勝九郎はさしていた傘を捨て、慌てているせいで言葉にならぬ誠一の肩を揺する。

「お清さんがどうしたのだ！」

すると誠一は、こわばった顔で大声を張り上げる。

「首に痣がある侍に攫われました！」

「何っ！」

勝九郎は動揺し、誠一の胸ぐらをつかむ。

「送っていた時に襲われたのか」

「はい」

「余計な真似《まね》をしおって。油断していたのか！」

「すみません……」

「あやまってすむか。どの方角に行った」

捜しに走ろうとする勝九郎を誠一が止め、また大声で告げる。

「旗本近田家の息子に違いありませんから、奴が悪さをする時に使っている空き家に連れていかれたかもしれません」

「知っていて、どうして助けない！」

「頭を打たれて、少しのあいだ気を失っていたのです。それに、わたし一人では無理ですから、そこの自身番に行こうとしていたのです」

旗本の息子の仕業《しわざ》と聞いた町の者たちが、騒然となっている。

「時が惜しい。わたしが助けるから、今すぐ案内してくれ」

「はい」

来た道を戻る誠一のあとに続いて勝九郎は走った。

頼むから、無事でいてくれ。

胸の内でそう叫ぶ勝九郎は、誠一を疑いもしない。

案内されたのは、店からの帰り道から離れた、堀川のほとりだ。

柳の枝が雨に濡れて、地面につくほど垂れ下がっており、薄暗さも手伝って気味が悪い。

まだ新築途中の家が多いこのあたりは、雨のせいで大工が仕事を終え、人の姿がない。

近くにはまだ自身番もなく、誠一が遠くまで呼びに走っていたのも、勝九郎は納得できた。

「あの建物です」

新築途中の家の横にある、古びた建物を指差す誠一に応じた勝九郎は、この時になって刀を持ってくればよかったと後悔したが、手ににぎっていたお清の傘に力を込めて走った。

戸を開けて踏み込む。

「お清さん！」

中は暗くてよく見えず、返事もない。

「どこだ！　返事をしてくれ！」

目が慣れて見えたのは、屋根裏に上がるための梯子《はしご》だ。

人目につかぬところで縛られているのではと心配した勝九郎は、梯子に取りついた。

上がろうとしたその時、いきなり頭を棒で打たれ、地面に倒れた。

油断して襲われたのだと思った勝九郎が相手を見ると、誠一が戸を閉めるではないか。

「何をする」

ふらふらになりながら立ち上がった勝九郎が戸に取りつき開けようとしたが、びくともしない。

「開けろ！」

朦朧《もうろう》としながらも声を張ると、外から誠一の勝ち誇《ほこ》ったような笑い声がした。

「お清はわたしの物だ。誰にも邪魔はさせない」

「おい！　何を言っている。お清さんをどうするつもりだ」

返答はなく、勝九郎は焦り、戸をたたいた。

「お清さんは無事なのか。それだけでも教えてくれ！」

外で水をまくような音がして、微《かす》かに、灯火《とうか》に使う油の臭《にお》いがしてきた。

はっとするあいだに火をかけたらしく、外が赤くなり、戸の隙間《すきま》から煙が入ってきた。

勝九郎は戸を蹴破ろうとしたが、厚い板戸はびくともしない。

「おい！　やめろ！」

叫んでも返事はなく、誠一はその場から立ち去ったようだ。

煙を吸い咳き込んだ勝九郎は戸口から離れ、他に出る場所はないか探すも、板張りの倉庫の出入り口はひとつだけだった。

火の勢いは増すばかりで、煙にまかれた勝九郎は意識が遠のき、無念の涙を流した。

外で人の声がしたのは、その時だ。

「中に誰かいるか！」

勝九郎は助けを求めて声をあげようとするものの、咳き込んでしまう。

偶然手に触れたお清の傘をつかみ、壁に打ちつけた。

「今助けるぞ！」

数人の男の声がして、戸が打ち破られた。

入ってきた者たちに抱えられて外に出された勝九郎は、這《は》いつくばって激しく咳き込む。

「勝九郎殿、もう大丈夫だ」

背中をさすってくれる相手を見た勝九郎は、泰徳だと知って袴《はかま》をつかむ。

「お清さんが、攫われました」

「何っ！」

「助けないと」

煙臭く苦い唾《つば》を吐いた勝九郎は、町の男が差し出してくれた柄杓《ひしゃく》の水を飲み、立ち上がって行こうとしたのだが、泰徳に腕を引かれた。

「どこにいるかわかっているのか」

問われても、答えられない。

確かめるために茶店に行く時が惜しい勝九郎は、

「とにかく捜します」

と言って行こうとするも、泰徳は腕を離さない。

「冷静になれ。よく考えるんだ。教えてくれ、おぬしを殺そうとしたのは誰だ」

勝九郎は目を見て答える。

「以前お清さんを攫おうとした三人組の武家から助けた、誠一という男です。奴らはぐるかもしれません」

「なんでそう思う」

「誠一から、旗本近田家の息子がお清さんを攫ったと言われて気が動転《どうてん》し、疑いもしませんでした」

考える顔をした泰徳が、勝九郎を見て告げる。

「近田家の息子の悪い噂《うわさ》は知っている。先日も言ったが、つるんでいた三人のうち一人は打ち首になり、一人は殺された」

「では、やはり……」

「近田家の息子は生きているはずだが、首に痣はない。妙だとは思わぬか」

泰徳からそう投げかけられ、勝九郎ははっとする。

「誠一は、近田の名を出した時、周囲にいた者たちに聞こえるよう大声を張り上げておりました」

泰徳はうなずく。

「仲間なら名を出さぬはず。近田に罪をなすりつけるつもりだ。奥村の息子は、泥酔しておなごに乱暴したうえに殺した罪に問われた」

勝九郎は、目の前が真っ暗になった。

「やったのは、誠一……」

「お清さんが危ない。急ぐぞ」

泰徳は、雨上がりの町を走る。

勝九郎は咳き込みながらも必死に走り、泰徳に続く。

泰徳が手がかりを求めて向かったのは、永代橋の西詰に近い竹川家と同じ通りにある近田家だ。

対応に出た門番に名を告げた泰徳は、つかみかからんばかりの勢いで告げる。

「当主宏昌《ひろまさ》殿に火急の用がある。至急お目通りを願いたい」

顔を煤《すす》で汚し、ずぶ濡れの二人を見ていぶかしそうにしていた門番は、岩城泰徳と知って目を白黒させ、急ぎ知らせる。

程なく中に入れられた勝九郎は、汚れているため庭でよいと告げた泰徳に続いて、大きな母屋《おもや》の表側に回り、廊下に出た中年の当主の前に歩む。

宏昌と顔見知りの泰徳は、あいさつもそこそこに告げる。

「一人の罪なきおなごの命が危うくなっております。ご子息と話をさせてくだされ」

いつになく厳しい泰徳の態度に、宏昌は神妙に応える。

「倅は、目を離した隙《すき》にいなくなったのです」

泰徳は声を張り上げる。

「奥村家のご子息に濡れ衣を着せた者がおります。その者は、次は貴殿の息子に罪を着せようとたくらんでおるのです。手がかりを知りたい。隠さずここへお連れくだされ」

宏昌は動揺の色を浮かべる。

「信じてくだされ。倅は、ほんとうにいなくなったのです」

勝九郎が前に出て告げる。

「人殺しは誠一という男です。ご子息は、なんらかの方法で誠一におびき出され、囚《とら》われているかもしれませぬ。このままでは殺されますぞ」

「そ、そんな……」

宏昌は焦り、辛《つら》そうな顔で泰徳を見ると、肩を落として口を開いた。

「このたび、倅たちが悪さをしようとした茶店の娘の話は、聞いております。倅たちは、邪魔をした男を逆恨《さかうら》みし、痛い目に遭《あ》わせようとして、次々と命を落としました。倅は、次は自分だと恐れ、引き籠もっていたのですが……」

泰徳が訊く。

「刀はありますか」

「ありません」

「では、友の仇《かたき》を討ちに行ったのではないですか」

宏昌ははっとした。

「まさか、そんな……」

「ご子息は、男の居場所を知っているのですね」

「家を突き止めたとは聞いておりませぬが、竹川殿のご子息は、奥村殿のご子息の仇を討つと申して、久永町に行ったそうです」

「返り討ちに遭い、大川に浮かんだということですか」

宏昌は焦りの色を浮かべる。

「倅は臆病風に吹かれておりましたが、竹川殿を一人で行かせてしまったのを後悔して苦しんでおりましたから、あるいは……」

早く気づいて、家来をそちらに行かせるべきだったと告げた宏昌は、大きな息を吐いて頭を抱えた。

「倅は町に出たものと思い、家来は今、近所の町を捜しております」

泰徳は告げる。

「我らが行きましょう。ご子息を必ず助けますから、ご家来衆に久永町へ来るようお伝えくだされ」

「承知しました。どうか、お願い申します」

泰徳は応じて、勝九郎と久永町へ急いだ。

久永町へ到着しても二手に分かれず、手がかりを捜していた時、勝九郎が道に落ちている光る物を見つけて駆け寄った。

拾ったのは折れた簪だ。赤い玉には、金箔《きんぱく》で菊の模様が施されている。

簪を買った時から意識をして見ていた勝九郎は、慌てた。

「これは、お清さんが両親からもらった物で、普段から挿《さ》しておりました」

「間違いないのか」

「はい」

お清はほんとうに攫われてしまったに違いない。

「近くにいるはずだ」

そう睨んだ泰徳は、あたりを見回した。

七

縄で自由を奪われたお清は、猿ぐつわを噛《か》まされ声も出せず、恐怖に怯《おび》えていた。

石畳が敷かれ、窓ひとつない部屋で目をさましたのは、つい先ほどだ。

お清は、勝九郎が首に痣がある侍と争いになり、大怪我をしたと言ってきた誠一を信じてついていったところ、侍が現れ、争いに巻き込まれたのだ。

侍が、竹川と奥村の仇と叫んだところまでは覚えている。

だが、誠一に後頭部を手刀《しゅとう》で打たれたお清は気を失ってしまい、気がつけば、この部屋にいたのだ。

お清が恐怖に満ちた目を向ける先では、誠一が、仰向けで大の字にされ身動きできない近田を痛めつけている。

表情が別人にしか見えぬ誠一は、嬉々《きき》として目を見開き、命乞いをする近田を鋭い刃物で傷つけ、ゆっくり殺してやると言っているのだ。

その誠一が、お清を見た。

恐怖に引きつった顔をしているお清に、にたりと笑みを浮かべる。

胸を傷つけられて絶叫した近田が、気を失った。

誠一はつまらなそうな顔をして離れ、お清に歩み寄る。

猿ぐつわを嚙まされた口で悲鳴をあげても、声は響かない。

お清は必死に縄から手首を抜こうとしたが、強く引かれ、近田と同じように大の字にされた。

誠一はお清の帯を切り、薄笑いを浮かべた顔を近づけて、目を見ながら言う。

「お前の命を、喰うてやる」

歪んだ喜びに満ちた顔で、お清の着物を剝《は》ぎ取ろうとした時、戸が荒々しく開けられた。

体当たりして踏み込んだのは、泰徳と勝九郎だ。

勝九郎は誠一に飛びかかり、手首をつかんで刃物を奪い、壁に押しつける。

「お清さんを三人組から助けたお前が、どうしてこんなことをする」

誠一は悲しげな顔をして、涙を流した。

「自分でも、わからないのです」

「いい加減なことを言うな！」

「許してください」

身体から力が抜けた誠一は、地べたに這いつくばって詫びた。

泰徳がお清を助けにゆく。

勝九郎が立てと言って右腕をつかんだ時、誠一は泣き顔でつぶやく。

「お清さんを助けたのは……」

「なんだ」

答えを急《せ》かす勝九郎に、誠一は不気味な笑みを浮かべる。

「命が、わたしの物だからですよ」

告げるなり、帯に隠していた鋭い刃物で勝九郎の左腕を斬り裂いた。

誠一は表情を一変させ、無表情で刃物を突き出す。

止めた手首を離さない勝九郎は、誠一をひねり倒して馬乗りになり、顔を殴った。

誠一は怒りの声をあげ、腕の傷をつかんで力を込める。

激痛に耐えた勝九郎は、二発目を顔面に食らわせた。

強烈な拳で意識が朦朧《もうろう》とした誠一は、刃物をにぎる手の力が抜けた。

それでも勝九郎は三発目を食らわせ、誠一が抵抗しなくなっても、さらに殴り続ける。

泰徳に右手をつかまれて止められると、勝九郎は誠一に怒りの声をあげ、痛む左腕を振り上げ、左の拳を顔面に食らわせ、ようやく離れた。

完全に気を失った誠一は、白目をむいている。

勝九郎は、起き上がったお清を抱きしめた。

「もう二度と、怖い目に遭わせない。一生守る」

「勝九郎さん」

お清は安堵し、勝九郎の胸に頬を寄せて涙を流した。

数日後、泰徳は勝九郎の訪問を喜び、客間で向き合った。

「今日は、先日のお礼を改めて申し上げたく、お邪魔をいたしました」

菓子箱を差し出された泰徳は、真顔で言う。

「気を使わないでくれ。実際お清さんを助けたのは、おぬしだ」

謙遜して首を横に振る勝九郎に、泰徳は告げる。

「誠一は、恐ろしい人殺しだったようだ。北町奉行所の調べに対し、あの者は、近頃深川と本所《ほんじょ》で起きていた殺しはすべて自分の仕業だと認めたうえで、人の命を喰いたくなってやった、と、不気味な笑みを浮かべて答えたそうだ」

勝九郎は厳しい表情でうなずく。

「お清も、お前の命を喰うてやると、言われたと申しておりました」

「人のこころを持っておらぬと判断したお上は、誠一に磔獄門《はりつけごくもん》の沙汰をくだし、昨日処刑されたそうだ」

　勝九郎は目をつむり、安堵の息を吐いた。

「もうこの世におらぬとお清が知れば、少しは安心するでしょう」

「まだ、辛そうか」

「夜な夜な、悪夢を見てうなされております。わたしはその都度部屋に駆けつけ、安心させております」

「そうか。では、一日も早く一緒に暮らせるよう、わたしからご両親に縁談を申し込もう」

　すると勝九郎は、居住まいを正す。

「今日は、お話もありまいりました。お清の父吉四郎殿が、独立して店を出すことが正式に決まり、わたしは、武士を捨てる運びになりました。やっと、簪を渡すことができたのです」

　泰徳は、目を細める。

「それはつまり……」

　勝九郎は、照れ笑いを浮かべる。

「ここ数日、悪夢にうなされるたびにお清のところに行っておりましたところ、両親から、もう一緒に暮らそうと言われたのです」

「いかん!」

立ち上がる泰徳を、勝九郎が唖然《あぜん》として見る。

「いや、すまん。その、仲人として二人の縁を結ぶのを楽しみにしておったのだ、女房殿が」

妻のお滝《たき》に聞こえぬよう声を潜める泰徳に、勝九郎は笑みを浮かべる。

「今日は、改めて先生と奥方様に仲人をお願い申したく、まかりこしました」

頭を下げる勝九郎に安堵した泰徳は、お滝を連れてくると言い、嬉しそうに部屋を出ていった。

第四話　孝《こう》の心

一

　朝夕の冷え込みが増してきたものの、晴天に恵まれた本日は、昼を過ぎると、季節が仲秋《ちゆうしゆう》に戻ったのではないかと思うほど暖かくなった。

　早朝に、お琴のところから甲府藩の上屋敷に戻っていた新見左近は、客が来る前に藩主としてなすべきことをすませ、呼びに来た小姓に応じて書院の間に向かった。

　手入れが行き届いた広大な庭を望める廊下を歩いていると、坂手文左衛門の主導で進む修繕の普請《ふしん》の音が遠くから聞こえてくる。

　上段の間の前で片膝《かたひざ》をついた小姓が、金箔飾《きんぱくかざ》りの引き手に手を伸ばして障子を開け、左近に頭を下げた。

　左近が座敷に足を踏み入れると、下段の間で正座していた若者が平身低頭《へいしんていとう》する。

白地の羽織《はおり》と着物に、黒の袴《はかま》を穿《は》いているのは、信州《しんしゅう》野沢藩《のざわはん》十二万石の若き藩主、甲田摂津守盛靖《こうだせっつのかみもりやす》だ。

幼名は鷹松《たかまつ》。

祖母の林松院《りんしょういん》と母親の常葉《ときわ》に、たいそう慈《いつく》しまれているのは周知のとおりで、久しぶりに盛靖と面と向かう左近は、隠居した先代盛興《もりおき》から、

「母と奥が溺愛《できあい》しますから、困っております」

と、苦笑まじりに言われたのを思い出した。

面《おもて》を上げさせた左近は、目を細める。

「盛靖殿、久しく見ぬうちに、藩主らしい面構《つらがま》えになったな」

盛靖は嬉しそうな顔をして謙遜《けんそん》し、表情を引き締めて居住まいを正す。

「今日は、是非とも甲州様にご指南賜《たまわ》りたく、まかりこしましてございます」

拝謁《はいえつ》の申し出があった時、ただの表敬訪問《ひょうけいほうもん》ではあるまいと、又兵衛が言っていたが……。

その又兵衛が遅れて入り、家老が座る場所に正座した。

「改まって、いかがなされた」

問う左近に対し盛靖は、右側でこちらを向いて正座した又兵衛を気にしつつも、

正面に向いて両手をつく。

「市中を歩く際の心構えを、是非ともご教示ください」

又兵衛が口を開こうとするのを止めた左近は、上段の間から下り、盛靖と膝を突き合わせた。

恐縮する盛靖に遠慮はいらぬと告げた左近は、穏やかな口調で問う。

「何をする気だ」

盛靖は神妙な面持《おもも》ちで、悩みを打ち明ける。

「わたしは、幼《おさな》き頃より論語《ろんご》を愛読してまいりましたが……」

又兵衛が口を挟んできた。

「聞いておりますぞ。上様も、学問に励《はげ》まれる盛靖殿を褒《ほ》められたそうですな」

苦笑いをして謙遜する盛靖は、押し黙ってしまった。

左近が目を向けると、又兵衛は、しまったという顔をする。

「これはご無礼。話の腰を折ってしまいました」

「盛靖殿、論語がいかがした」

左近が促《うなが》すと、盛靖は応じ、緊張した面持ちで口を開く。

「孔子《こうし》の言行《げんこう》のひとつである孝《こう》について、胸につかえていることがあるのです」

左近は小首をかしげる。

「病《やまい》を理由に隠居されたお父上から家督《かとく》を継がれ、励まれておられると聞く。十分、ご両親に仕《つか》えておられるではないか。何をそう気にされる」

すると盛靖は、物悲しげに答える。

「生母に孝を尽くしておりませぬ」

左近は驚いた。

「常葉殿は、実の母君《ははぎみ》ではないのか」

盛靖はうなずく。

「義母《はは》は可愛がってくださり、感謝してもしきれませぬ。ですが、病に臥《ふ》していた乳母《うば》がひと月前にこの世を去る時、思い残すことがあると、泣きながら生母の存在を語ってくれたのです」

「そうだったのか。ではご生母は、市中におられるのか」

「それを確かめたく、本日は藩邸を抜け出してまいりました」

又兵衛が驚きの声をあげる。

「抜け出したとは、まさか、黙って来られたのか」

「はい。祖母が知れば、決して許さぬでしょうから」

こう述べた盛靖は、乳母から聞いた事実を縷々《るる》として語った。

話は二十年前にさかのぼる。

当時まだ若かった盛興のお手つきとなり、側室にされた恵津《えつ》の方《かた》という女性《にょしょう》がいたのだが、盛靖を産んで間もなく青山《あおやま》一帯が火事になり、暮らしていた中屋敷が炎に包まれた。

恵津は乳母と共に、まだ目も見えぬ我が子を抱いて避難したのだが、倒れてきた家の下敷きになりそうになり、足に怪我《けが》をしてしまい歩けなくなった。

恵津は、助けようとする乳母を拒《こば》み、我が子を託して先に行かせた。

盛興をはじめ、藩の者たちは恵津が火事で命を落としたものと考えていたのだが、翌日になって、上屋敷に戻ってきた。

しかし、盛靖の祖母林松院が手を回しており、己の腹心に外を見張らせ、恵津を近づけさせなかった。当時林松院は、身分が低い恵津が、出世のため盛興に色仕掛けをしたと決めつけて毛嫌いしていたのもあり、上屋敷に入るのを決して許さず、家来に遠ざけさせ、焼死したことにしたのだ。

悲しそうに語る盛靖を、又兵衛は気の毒そうな顔で見ている。

子を奪われた母親の気持ちを思うと、左近も胸が痛んだ。そして何より、盛靖の悲しみがわかる。

「乳母から話を聞いて、生みの母に会いたくなったか」

「なんとしても……」

涙声で告げる盛靖は、ふたたび両手をついた。

「どうか、ご教示願います」

生まれて一度も、屋敷の外を一人で歩いたことがない者にとって、人が多く、かつ右も左もわからぬ江戸市中を歩くのは不安であろう。

左近は言う。

「その前に、ひとつ問う。生みの母と出会えたとして、どうやって親子である証《あかし》を立てるつもりだ」

盛靖は懐《ふところ》から、青い布のお守り袋を取り出した。

盛靖と実母を繋《つな》げる唯一の品は、へその緒《お》が入れられた鬼子母神《きしぼじん》のお守り袋だ。

「乳母が息を引き取る前に、渡してくれました。手がかりがまったくないわけではなく、十年前、乳母が所用で日本橋に出かけた折に、料理が評判の店の前を通りかかった時、客を送って出ていた母を見かけて声をかけたのですが、人違いだと言われて、それきり会えずじまいになっていたようなのです」

又兵衛が問う。

「まことに、人違いではないのでござるか」

盛靖はうなずく。

「逃げる際に痛めた右足を引きずっていたため、乳母は間違いないと申したのですが、店の男たちに遠ざけられ、話ができぬまま帰らざるを得なかったと」

乳母は、その二月《ふたつき》後にふたたび足を運んでみたが、恵津と会えず、そのままになってしまっていた。

店の名は悠木《ゆうき》。今も同じ場所で商売をしており、誰でも入れる店ではないという。

「その店に、行ってみたいのだな」

左近が言うと、盛靖はうなずき、頭を下げた。

「町歩きに慣れてらっしゃる甲州様に、何とぞご教示を賜りとうございます」

左近は笑った。

「難しく考えることはない。だが、その身なりではまずいぞ」

すると盛靖は、驚いたように己の着物を見下ろす。

「いけませぬか」

「うむ。そなたは色白で面立《おもだ》ちもよい。どこから見ても若殿にしか見えぬゆえ、町の者たちが気を使い、また注目もされる。お忍びでまいりたいなら、目立たぬことが肝要《かんよう》」

「ひとつ学ばせていただきました。着物は改めます。他は何に気をつければよろしいでしょうか」

「町には浪人者がおる。中には気性が荒く、刀の鞘《さや》が当たっただけで喧嘩腰《けんかごし》になる者もおるゆえ、人が多い場所を歩く時は、気をつけねばならぬ」

「承知しました。他には……」

「子供にぶつかられても、腹を立ててはならぬ」

「他には……」

大真面目《おおまじめ》に語り合う二人を見ていた又兵衛が、横を向いて笑いをこらえている。

「又兵衛、いかがした」

左近が問うと、又兵衛は真顔で前を向く。

「いえ、笑ってはおりませぬ」

ついロを滑らせ、又兵衛がはっとする。

盛靖は苦笑いし、左近に礼を述べて平身低頭した。

「お教えを胸に刻《きざ》み、母を捜しにまいります」

「では、余《よ》も一緒にまいろう。やはり、町歩きに慣れておらぬそなたを、放ってはおけぬ」

盛靖は驚き、下がって頭を下げる。

「甲州様のお手をわずらわせるなど、とんでもないことにございます」

又兵衛が言う。

「盛靖殿、殿の町歩きと人助けはいつものことゆえ、遠慮はいりませぬぞ」

左近が笑って見ると、又兵衛は飄々《ひょうひょう》と続ける。

「盛靖殿に合う小袖《こそで》がありましょうから、着替えるとよろしい。殿も、お支度をなされませ」

「うむ。では盛靖殿、のちほど」

左近は盛靖の支度を又兵衛にまかせ、藤色の着物に着替えるべく、奥に戻った。

紺《こん》の無紋《むもん》の袷《あわせ》に黒の帯という身なりは、盛靖にはいささか地味だが、

「悪くない」

左近は目を細め、藩邸を出た。

玄関で見送った間部は黙っているが、表情は厳しい。

顔を見た又兵衛が言う。

「店もわかっておるのだから、すぐに見つかるであろう。殿がまいられるからには、うまくことが運ぶ。そう心配をいたすな」

間部は真顔で又兵衛を見る。

「だとよろしいのですが……」

いつもより表情が硬い間部は、不安を口にして玄関から奥に戻った。

外桜田から徒歩で呉服橋御門《ごふくばしごもん》へ向かい町へ出ると、途端に喧騒《けんそう》に包まれる。

盛靖は人の多さに圧倒されたようであるが、表情は明るく楽しげだ。

「これが、話に聞く江戸の活気ですか。想像したよりも人が多く、道ゆく者は皆忙しそうですが、生き生きとした顔をしておりますね」

建ち並ぶ商家と人の密度に感心しながら周囲を見回しつつ歩く盛靖は、前から小走りで来る奉公人に道を譲る素振りを見せない。

腕を引いて道を空けさせた左近に、盛靖は驚いた顔をする。

「甲州様が、道をお空けになるのですか」

「しいっ」

唇《くちびる》に指を当てた左近は、耳目《じもく》を気にしつつ告げる。

「忘れるな。今の我らは浪人者だ。外では新見左近と呼びなさい」

盛靖ははっとした。

「そうでした。あまりの活気に、つい失念しておりました」

「興奮するのも無理はない。おれも初めての時はそうだった」

微笑《ほほえ》んだ左近は、歩きながら言う。

「そなたをなんと呼ぶか、決めておらなんだな」

「はい」

「幼名はなんだ」

「鷹松にございます」

左近はしばし考え、浮かんだ名を告げる。

「苗字《みようじ》は鷹《たか》に野原の原を取り、鷹原《たかはら》。名は、松に之《これ》と介《かい》を使い松之介《まつのすけ》はどうか」

「鷹原松之介。気に入りました」

嬉しそうな盛靖にうなずいた左近は、今も日本橋にあるという店の場所を尋ねるべく、米屋の軒先《のきさき》に出ていた手代の男に声をかけた。

天下人にもっとも近いと言われる綱豊が、気軽に商家の手代と話をする姿に、盛靖は口をあんぐりと開けて驚き、恐縮する。

「本来ならば、わたしがしなければならぬこと。申しわけありませぬ」

頭を下げる盛靖を、左近は促す。

「名店ゆえ、知らぬ者はおらぬようだ。先ほどの手代が申すには、料理を食べるには半年待たなければならぬらしい」

「たかが料理のために、そこまで待つ者がおるのですか」

町の店で食事をするのを許されぬ身分だけに、盛靖が驚くのも無理はない。

己の若き頃を思い出した左近は笑う。

「それも一興《いっきょう》。長く待たされるほど、食した時の喜びが大きく、旨味《うまみ》が増す。評判が評判を呼び、人がまた集まる。長年続いておるのは、店側が手抜きをしておらぬ証だ」

「おもしろうございます。そのような店に母がおられるかと思うと、胸が躍《おど》ります」

「林松院殿はご生母の身分を気にされたと申したが、悠木の縁者ではないのか」

「乳母は、そうは申しておりませんでした。ただ、商家の娘であるのは確かです。行儀見習いで屋敷に入り、父の世話をしていたそうです」

商家の娘が武家に奉公するのは珍しいことではないが、お手つきがあり、子に恵まれるのは幸か不幸か。それは、そのお家の事情による。

そう思った左近は、日本橋から京橋に続く大通りを横切り、音羽町《おとわちょう》へ足を運んだ。

手代が教えてくれたとおり、悠木の建物はすぐにわかった。

狭い通りにある店の表には、悠木の店名が崩し文字で書かれた軒行灯《のきあんどん》が掛けられ、夕方の店開きまでは、分厚い上げ戸が下ろされている。

あるじ一家の自宅も兼ねているため、今は仕込みをしているはずだと聞いていた左近は、路地を裏に回り、木戸をたたいて訪《おとな》いを入れた。

中から応じる男の声がして、戸を開けることなく何者か訊《き》いてきた。

「どちら様でしょうか」

左近が告げる。

「新見左近と申す」

「新見様、こちらは裏でございますが、ご予約の方でしょうか」

「いや」

「申しわけありません。一見《いちげん》のお客様は、ただ今お断りをさせていただいております」

「料理はよい。ちと、人を捜しにまいった」

しばしの沈黙のあと、木戸を開けた中年の男が出てきて、左近と盛靖を見て笑顔を作り、お辞儀をする。

「手前は番頭にございます。悠木に関わりがある者をお捜しでしょうか」

「うむ」

左近は振り向き、盛靖を促す。

前に出た盛靖が男に言う。

「わたしは、二十年前に生き別れた母を捜している」

番頭は、左近と盛靖の身なりを見て浪人だと思ったらしく、若い盛靖を品定めするかのように、じろじろと無遠慮《ぶえんりょ》な目を向ける。

「ご無礼ながら、あなた様のお名前は」

「母と別れた時の名は、鷹松だ。母の名は恵津だ。ここにおるのはわかっている。会わせてくれ」

番頭は一瞬目をそらすも、

「そのような者は、店にはおりませぬ」

盛靖の目を見ながら落ち着いた声で、きっぱりと答えた。

番頭は真顔で頭を下げて中に入ろうとしたが、盛靖が腕を引いて止めた。

「右足が悪い女がおるであろう。これを取らすゆえ、便宜《べんぎ》を図ってくれ」

金を持っておらぬ盛靖は、脇差を帯から抜いて、胸に押しつけた。

番頭はぎょっとして、触らずに手を横に振る。

「お武家様、商人には猫に小判でございます。困りますから、お納《おさ》めください」

「そうであった」

会えると思っていたのを否定されたため、盛靖は動揺している。左近に向き、甲州様と言いかけるのを、左近が言葉を被《かぶ》せた。

「番頭、まことに、恵津というおなご、もしくは右足が不自由な者はおらぬのか」

「はい、おりませぬ」

「十年前になるが、ここで働いていたのを見た者がおる。番頭ならば覚えがあろう」

しかし番頭は、首を横に振る。

「手前はこの店に二十年勤めておりますが、そのような人は、一日たりとも雇ってはおりません」

十年前の記憶を思い出そうともせず断言する番頭に、左近は引き下がり、盛靖に告げる。

「他を当たろう」

「しかし……」

「ゆくぞ」

左近が促すと、盛靖は番頭から手を離し、至極《しごく》残念そうに従った。

人がおらぬ堀端に出た時、盛靖は左近に告げた。

「確かめぬまま、屋敷に戻れませぬ」

「黙って出たからか」

盛靖は焦《あせ》りの色を浮かべる。

「側近の一人には、日暮れまでには戻ると告げております。されど、隠しきれず父の耳に入っておれば、御目付役を置かれ、二度と一人では出られませぬ」

「ならばなおのこと、慎重になるべきだ。手の者に探らせるゆえ、おれにまかせろ」

恐縮する盛靖の肩をたたいた左近は、桜田の屋敷に連れて帰るべく町中に歩みを進めた。

その頃、悠木の居間では、あるじの康左衛門《こうざえもん》が番頭から報告を受けていた。早口で不安そうに盛靖の話をする番頭に対し、康左衛門は鷹揚《おうよう》に構え、顔色を変えずに聞いている。

「よしよし、それでよい。また来ても、そのような女はおらぬと言いなさい」

こう告げて下がらせたものの、番頭が廊下を歩く足音が遠ざかると、康左衛門は表情を曇らせて腕を組み、黙然《もくねん》と思案をめぐらせはじめた。

二

桜田の藩邸に戻った左近は、着替えをすませた盛靖と書院の間で向き合った。帰る道すがら、これからどう行動すべきか左近に言われている盛靖は、不安そうで、いささか気落ちしている。

左近は言う。

「盛靖殿、またいつでも来るがよい。ご生母が気になろうが、家の方々《かたがた》を心配させるのは、よろしくない。今後も市中へ出たいなら、今日のところは帰るべきだ」

「はい、そういたします」

左近は、廊下に控えている小五郎に命じる。

「小五郎、屋敷まで送ってさしあげよ」

「承知しました」

立ち上がる小五郎は、武家の身なりではない。

それでも、左近の側近だと見抜いた盛靖は固辞《こじ》した。

「一人で大丈夫です。甲州様、わたしごときのことでお手をわずらわせ、まことに心苦しい限りではございますが、何とぞ、よろしくお願い申し上げます」

「よい知らせを待たれよ」

「はは」

平身低頭した盛靖は、中腰で頭を下げて廊下に下がり、帰っていった。

左近が顎《あご》を引くと、小五郎が応じて、盛靖のあとに続く。

又兵衛が左近に言う。

「盛靖殿は寂しそうでしたが、母御《ははご》に会えなかったのですか」

「おらぬと言い張られた。身分を明かすわけにはいかず、今日のところはあきらめた」

左近が答えると、又兵衛は疑いの目を向ける。

「殿らしくもないですな。何か、他に気になることがおありか」

勘の鋭い又兵衛に、左近はうなずく。

「番頭の様子が、どうも気になった。母子が会えば、不都合があるように思えたゆえ、引き下がったのだ」

「何があると思われますか」

「ただ、そんな気がしただけだ」

左近はそう濁《にご》し、ふと頭をよぎった想いをつぶやく。

「盛靖殿に、何もなければよいが」

市ケ谷《いちがや》の上屋敷に戻った盛靖は、表門の前で振り向き、付かず離れず送ってくれた小五郎に頭を下げた。

小五郎も応じて頭を下げる。

盛靖が脇門に歩み寄ると、中から出てきた藩士が片膝をつき、頭を下げる。

「殿、林松院様から、こちらをお預かりいたしました」

林松院は、実質藩を牛耳《ぎゅうじ》っているとも言えよう。

その林松院に仕え、手足となって働くこの男、葛城忠好《かつらぎただよし》から紙を受け取り、祖母の達筆な文字を声に出して読んだ。

「盛靖殿の母は常葉のみ。孝をたがえ、礼を守らぬ者はお家を潰すと心得よ」

論語の中にある、「孟懿子《もういし》孝を問う」の、親に対する孔子の教えを言われているのだと思った盛靖は、控えている葛城を見る。

「林松院様は、余が生みの母を捜しに出たのをご存じなのか」

「林松院様に隠しごとはできませぬ」

「どうやって……」

知ったのか、という言葉を、盛靖は呑《の》み込んだ。唯一胸の内を明かし、抜け出す手伝いをしてくれた腹心の家来の顔が頭に浮かんだからだ。

「中田《なかた》はどうしている。無事であろうな」

「殿を危険な目に遭《あ》わせた罰として牢に入れられ、謹慎《きんしん》させてございます」

「余が無理を申したのだ。許してやれ」

「なりませぬ」

「余が出してやる」

葛城は立ち上がり、前を塞《ふさ》ぐ。

「そこをどけ」

「勝手に外へ出られた殿を、お通しすることはできませぬ」

「何……」

「この場で、林松院様に詫《わ》びられませ。二度とせぬと、誓われるのです」

声を大にした葛城は、閉じられている表門の向こうに林松院がいると、暗に教えている。

察した盛靖は、葛城を見つめて告げる。

「母は一人にあらず。生みの親に礼をたがえることこそ、孔子の教えに反するではないか」

こう返した盛靖は、きびすを返して門前を離れた。

葛城は、盛靖が素直に従うと思っていたのか、慌《あわ》ててそばに来る。

「殿、お考えなおしください」

だが盛靖は聞かぬ。

「殿、お戻りを、殿……」

前に出て止める葛城を押しのけた盛靖は足を速めたが、なおもついてくる葛城に声を張り上げて止め、市ヶ谷の急な左内坂《さないざか》を駆け下りた。

振り向いて、葛城が来ぬのを確かめた盛靖は、夕暮れ時の堀端を、とぼとぼと歩きはじめた。市ヶ谷御門前を横切った時、左に人が並ぶので見ると、小五郎だった。

「行くあてはあるのですか」

盛靖は眉尻《まゆじり》を下げる。

「見ておられたのですか」

「一部始終」

近くに人はいなかったはず。

どこにいたのだろうかと思った盛靖は、小五郎の顔をまじまじと見る。

小五郎は、黙って答えを待っている。

歩みを進めながら、盛靖はこぼした。

「生みの母に会うまでは、祖母の言いなりにはなりません。菩提寺《ぼだいじ》に泊めてもらいますので、これにて。甲州様には、くれぐれもご内密に」

盛靖は頭を下げ、すたすたと行ってしまう。

「このまま帰れば、殿に叱《しか》られますよ」

そう独りごちた小五郎は、放っておくわけにもいかず、そっとついてゆく。

気づかぬ盛靖は、父親に従って参詣《さんけい》していた、増上寺《ぞうじょうじ》近くの菩提寺に迷うことなく到着し、閉じられている山門《さんもん》をたたいて訪《おとな》う。

だが、中からの返答は、否《いな》だった。

「林松院様のお許しがあるまで、盛靖様をお通しできませぬ」

行動を読まれている。

唇を噛《か》んだ盛靖は、祖母に屈してなるものかと意地になり、

「もう頼まぬ」

一言吐き捨てて門前を離れた。

すっかり暗くなった石段の前に現れた小五郎に、盛靖は息を呑む。

「驚かせてすみません」

あやまられても笑う気にならぬ盛靖は、石段に腰を下ろした。

ふさぎ込む若き殿様に、小五郎は、林松院の孫を想う気持ちを伝えるのだが、
盛靖はため息をついて本音をこぼす。

「わたしは、祖母が生みの母にした仕打ちが、どうしても許せぬのです」

若くとも、盛靖は藩主だ。

これ以上は聞くべきではないと心得ている小五郎は、甲府藩邸に行くようすすめた。

だが盛靖は、甲州様にご迷惑はかけられぬと言って応じない。

そこで小五郎は、こう切り出した。

「それがしは、殿の命で煮売り屋を営んでおります。そこへご案内しましょう」

「煮売り屋を？」

事情を知らぬ盛靖は驚いたが、行くあてがないため、小五郎の世話になることにした。

「では、お願いします」

「どうか、ご遠慮なく。今から煮売り屋のあるじですから、言葉もお気遣《きづか》いなきよう。小五郎か、大将とお呼びください」

小五郎はそう言って盛靖の緊張をほぐし、煮売り屋に案内した。

かえでが一人でいる煮売り屋は、小五郎が不在のため商売をしていない。

小五郎に続いて勝手口から入った盛靖は、奥の部屋から出てきたかえでに頭を下げられ、会釈《えしゃく》を返す。

小五郎から何か告げられたかえでは、勝手口から出ていった。

目で追った盛靖は、小五郎に問う。

「今の御仁《ごじん》は、小五郎殿の奥方ですか」

「ここでは女房で通しておりますが、わたしの配下です」

「配下……とは」

「我らは、町に出られる殿を陰ながらお支えする者です」

一人で出歩いているのではないと知った盛靖は、納得した。

「天下の甲州様ですから、警固《けいご》の者を従えるのは当然ですね」

「常にではありませぬ。それゆえ、危ない目に遭われることもございます。殿がそなた様に付き添われたのは、御身《おんみ》を案じられたからに他なりませぬ」

「ご迷惑をおかけしたこと、今になって身が縮む思いです」

小五郎は、かえでが沸《わ》かしていた湯で茶を淹《い》れ、床几《しょうぎ》に腰かけている盛靖に出した。

「いただきます」

喉《のど》が渇いていた盛靖は、一息つき、改めて店を見回す。

広い店の中には、三十人ほどは入れようか。

煮売り屋と言うだけあり、店には出汁《だし》の匂いが染みついている。

「わたしは、生まれて初めて己の足で町中を歩きましたが、改めて江戸の活気に驚きました。甲州様は、江戸市中で数多《あまた》の悪人を退治なされたと父から聞いておりますが、まことでしょうか」

小五郎は真顔でうなずいた。

盛靖は微笑み、目を閉じる。

「子曰《しいわ》く、惟《た》だ仁者《じんしゃ》のみ、能《よ》く人を好み、能く人を悪《にく》む」

小五郎は問う。

「どういう意味ですか」

「甲州様は、この世に二人とおらぬ立派なお方です。悪を許さず、民の安寧《あんねい》を願われる主君の国に住まう者は、幸《さち》が多いことでしょう。わたしも、見習いたいものだ」

小五郎はうなずくと、板場に入った。

かえでが炊《た》いていた米で手早くにぎり飯を三つこしらえ、沢庵《たくあん》を添えて持っていく。

どうぞお召し上がりくださいと言って皿を置くと、盛靖は皿を手に取り、不思議そうな顔で見ている。

「これは、もしや……」

「にぎり飯です」

「書物では読んだことがありますが、実物は初めて見ました。いただきます」

盛靖は一口食べ、嬉しそうに咀嚼《そしやく》する。

「旨い」

小五郎は微笑み、茶を淹れなおしに戻る。

にぎり飯を初めて食べたのには驚きだが、それは、盛靖が宝のごとく扱われて育った証ではないだろうか。

そのような殿様を、祖母は何ゆえ屋敷に入れぬのか。

小五郎はそこが不思議でならない。

夜も更《ふ》けた頃、表の戸が開けられると、藤色の着物を着た左近が入ってきた。

食事を終えていた盛靖は、立って頭を下げる。

「甲州様……」

「話は聞いた。まあかけなさい」

盛靖は、左近が床几に腰かけるのを待ち、向き合った。

左近が問う。

「屋敷に入れぬとは、どういうことか」

「ご心配をおかけして、申しわけありませぬ」

一言詫びた盛靖は、わけを告げた。

「実母を捜しに屋敷を抜け出したことが、祖母林松院の逆鱗《げきりん》に触れたのです」

左近は盛靖の目を見る。

「林松院殿は、気づいていたのか」

「はい。わたしの側近も、牢に入れられました」

「なんと」

驚く左近に、盛靖は苦しい胸の内を明かす。

「祖母は横暴なのです。わたしが藩を継いだと申しても、後見役としてお家のことに口を出し、何をするにしても、祖母が首を縦《たて》に振らねば動きません」

「そなたが、まだ若いゆえであろう」

「そうは思えませぬ。父の跡を継いでわかったことが、ひとつございます」

左近を尊敬している盛靖は、包み隠さず打ち明ける。

「わたしは、藩の財政立て直しを目指しておりますが、祖母が牛耳る奥向きにかかる費用が莫大で、思うように進められておりませぬ。子曰く、国を治《おさ》むるには、あるじ自ら無駄を節するべきである、とありますが、奥向きで大金を使われたのでは、民に示しがつかぬと思うのです」

左近は、論語の教えを生きるしるべとしている盛靖を否定するつもりはない。

だが、左近が知る限りでは、野沢藩の奥御殿にいる者たちが派手な暮らしをしているとはとても考えられなかった。

奥向きに大金を回す祖母への不満を赤裸々《せきらら》に語った盛靖は、改めて左近に頭を下げる。

「わたしは、甲州様を手本にしとうございます。国許《くにもと》の民を幸せに導くためにも、これからもどうか、ご教示願いまする」

左近は真顔で告げる。

「民を想うその志《こころざし》があるならば、そなたの思うようにすればよい。だが、家中の結束が乱れては、国も乱れると心得よ。まずは、林松院殿の怒りを鎮《しず》めてはどうか」

盛靖は床几から離れ、土間に正座して両手をついた。

「どうか、しばらく藩邸に置いてくださりませ」

左近は、盛靖の腕を取って立たせようとしたが、応じず頑《かたく》なに願う。

生母のためもあるのだと思った左近は、気になった。

盛靖の生母と林松院のあいだに、いったい何があったのか。商家の出であることを嫌っただけではないような気もする。

調べなければ、屋敷に戻ることを拒まれた盛靖は、意地になって帰りそうにないと考えた左近は、ここは若き藩主の願いを聞いてやることにした。

「では、桜田の屋敷へ招くといたそう。ご公儀には、余がうまく取り計ろうておくゆえ、気がすむまでおるがよい」

「かたじけのうございます。ご迷惑をおかけし、まことに申しわけありませぬ」

左近は、遠慮しているようでしていないこの若き藩主がどこか憎めず、むしろ、懸命な姿に好感を抱くのであった。


二日後、小五郎から知らせを受けた左近は、盛靖には告げず甲府藩の浜屋敷《はまやしき》にくだった。悠木のあるじと面会するためだ。

呼び出しに応じて参じた康左衛門は、黒染《くろぞめ》の紋付《もんつき》羽織《はおり》に灰色の生地《きじ》に黒い縞《しま》の袴姿で、表の庭に正座している。

甲府藩主たる立派な身なりで左近が広間に出ると、康左衛門は平身低頭した。

次期将軍の噂《うわさ》が根強く残る左近を前に、康左衛門の緊張たるや、周囲に伝わるほどだ。

人払いをした左近は、濡《ぬ》れ縁《えん》に出て正座し、康左衛門の面《おもて》を上げさせた。

「今日呼んだのは、一昨日《おととい》、番頭に追い返されたからだ」

「えっ」

康左衛門は絶句した。

「思い出したか」

「まさか、甲州様とは思いもせず、番頭がご無礼をいたしました」

平身低頭して詫びる康左衛門に、左近はよいと告げ、面を上げさせて言う。

「今日は、共におった若者が捜しておる者について問う。名は恵津、右足を悪くしているおなごが、十年前にはそなたの店におったはずだが、今どこにおるか」

「お言葉ではございますが、奉公人のことを、いちいち覚えてはおりませぬ」

声を震わせて答える康左衛門に、左近は、小五郎が調べたことを確かめる。

「野沢藩主、甲田摂津守盛靖殿の生母恵津殿は、康左衛門、そなたの実の妹であるな」

「ご容赦《ようしゃ》を……」

平身低頭した康左衛門の表情をうかがい知ることはできぬ。だが、これ以降、何を問うても答えなくなった康左衛門の様子から、小五郎の調べは事実だと思われた。

何かを恐れているように思えた左近は、厳しく問い詰めることもなく帰してやり、一人で庭の東屋《あずまや》に立つと、江戸の海を眺《なが》めながら思案をめぐらせ、盛靖のために一計を案じた。

三

「殿が甲府藩の上屋敷にお入りになり、今日で三日だ」

野沢藩江戸家老沖田伝右衛門《おきたでんえもん》の詰め部屋に集まった重臣たちから、不安の声があがっている。

渋い顔で目を閉じ、配下の者たちの不安の声にじっと耳を傾《かたむ》けている沖田は、唇を尖《とが》らせ、眉間《みけん》に皺《しわ》を寄せたまま何も言わない。

そこへ、重臣の一人が慌てた様子で入ってくると、沖田のそばに座して耳打ちする。

かっと驚きの目を開けた沖田が、重臣を見た。

「それは、まことか」

「たった今、柳沢様の使いがまいりました」

将軍綱吉の覚えめでたく、今や揺るぎない権勢を誇《ほこ》る柳沢吉保《よしやす》の名を聞いて、他の重臣たちが騒然とする。

「ご家老、柳沢様はなんとおっしゃったのですか」

問われた沖田は答えることなく立ち上がり、奥御殿に急いだ。

病気療養中の盛興の寝所に足を運び、

「ごめん」

布団で横になっているそばにゆくと、両手をつく。

「大殿、今すぐ、それがしが殿をお迎えにまいる許しを賜《たまわ》りとうございます」

沖田の言葉には、実質お家の頂点にある林松院を説得するよう求める意味が込められている。

盛靖の今を知る盛興は、あからさまにいやそうな顔をした。

「放っておけ。甲州様が、長逗留《ながとうりゅう》を許されるはずもない」

「悠長《ゆうちょう》に構えてはおれませぬ。たった今柳沢様の使者がまいられ、殿の登城は、許しがあるまで差し控えるようにとのお達しにございます」

「なんじゃと」

驚きのあまり跳ね起きた盛興は、いきなり咳《せ》き込んだ。

背中をさする侍女に、大丈夫だと告げた盛興は、大きな息を吐いて沖田を見る。

「理由は」

「甲州様が、上様に願い出られたそうにございます」

綱吉と綱豊は、仲が悪いようで、実はよい。

近頃大名旗本のあいだで広がっているそのような噂を耳にしている盛興は、困り顔をした。

「盛靖は、甲州様に何を申し上げたのだろうか」

沖田は不安そうな顔をする。

「もしも、恵津様の話をされたならば、大殿と林松院様への心証を悪くされた恐れがございます」

「なんとしたことだ。上様の母親孝行は天下に広まるほどじゃ。そちが申すとおりならば、わしと林松院様が、盛靖の生母を粗末に扱っておると思われたに違いない」

「登城を禁じられるなど、お家の一大事にございます。いかがいたしますか」

「盛靖の軽はずみな行動が、ことを大きくした。今すぐ、連れ戻しにまいれ」

沖田は戸惑った。

「しかし、林松院様のお許しがありませぬと……」

林松院に従順な江戸家老に、盛興は苛立《いらだ》つ。

「林松院様は頑固者ゆえ、許しを乞《こ》うておっては日が暮れる。わしがお叱りを受けておくゆえ、早うゆけ」

ふたたび呟き込む盛興に頭を下げた沖田は、寝所を辞し、桜田の甲府藩邸に急いだ。

表門に到着した沖田は、市ヶ谷から小走りで来たのと、緊張のための汗を懐紙《かいし》で拭《ぬぐ》い、懐に押し込んで息を整えた。灰色の紋付羽織の襟《えり》を正し、黙ってこちらを見ている門番に歩み寄る。

名と身分を告げると、その場で待たされた。

出てきたのは、沖田も顔見知りの間部だ。

「間部殿、柳沢様から、登城差し止めのご沙汰《さた》があり申した。甲州様は、殿のご生母のことでお怒りでございましょうか」

「いや、怒りよりも、気の毒に思われております」

「では何ゆえ、登城を禁じられるような事態になったのでしょうか。甲州様が上様に告げ口……」

「告げ口？」

聞き咎《とが》めた間部に睨《にら》まれて、沖田は失言に焦る。

「いや、言上《ごんじょう》されたからではないのですか」

間部は真顔で答える。

「殿は告げ口も、お家を悪くも申されておりませぬ。ただ……」

その先を言わぬ間部に、沖田がせっつく。

「ただ、なんでござる」

「屋敷から閉め出された気の毒な盛靖殿を、当分預かると」

沖田は驚きのあまり、開いた口が塞がらない。石畳に正座し、間部に頭を下げた。

「ご迷惑をおかけしました。大殿の命により、こうして殿を迎えにまいりました」

「貴殿ではだめだ」

「は？」

頓狂《とんきょう》な声と共に顔を上げた沖田に、間部は重々しく告げる。

「盛靖殿を閉め出した張本人に迎えに来させよと、殿のお達しにございます」

林松院が恐ろしい沖田はますます焦った。

「それがしが連れて帰ります。何とぞ、お取り計らい願いまする」

「それはできぬ」

間部は取りつく島《しま》もなく門内に入り、門番も去ると、潜《くぐ》り戸《ど》を閉めた。

鳥のさえずりしか聞こえぬ門前で、沖田は脱力して座っている。

「わしは、首を刎《は》ねられるかもしれぬなぁ」

ぼそりとこぼし、蹌踉《そうろう》とした足取りで立ち去る沖田を物見窓《ものみまど》から見ていた間部は、林松院が来た時しか取り次がぬよう門番に命じて、左近のもとへ戻った。

間部の意を受けた門番たちが守る表門前に甲田家の五《いつ》つ菱御紋《びしごもん》が入った白木造《しらきづく》りの女乗物《おんなのりもの》が来たのは、日が西に傾きはじめた頃だ。

従う家来たちは二十五人。

共に運ばれてきた黒漆塗《くろうるしぬ》りの大名駕籠《だいみようかご》は盛靖のためであり、中に誰も乗っていない。

家来が女乗物の戸を開けるのを横目に、首が繋がっている沖田が門番に歩み寄る。

「思《おぼ》し召《め》しにより、林松院様をお連れした。お取り次ぎ願おう」

「今すぐに」

門番が急ぎ中に入って程なく、林松院のために大門が開けられた。

出てきた間部が告げる。

「駕籠のままお入りください。ご案内いたします」

「かたじけない」

沖田が林松院の駕籠を手招きし、間部に続く。

広い庭を奥に進んだ間部は、池のほとりにある茶室に案内し、駕籠を下ろさせた。

降り立った林松院に、頭を下げて告げる。

「殿がお会いになられます」

林松院は返事をせず、黙って草履《ぞうり》を脱いだ。

茶室で待っていた左近に、林松院は硬い表情をして座し、平身低頭した。

「お初にお目にかかります。林松院にござりまする」

気の強そうな顔と、尼《あま》の身なりに見合う、落ち着いた声をしている。

「このたびは、孫がとんだご迷惑をおかけいたしました。連れて帰りますゆえ、ご無礼の段、平にご容赦願いまする」

左近は面《おもて》を上げるよう告げたが、林松院は畳に揃《そろ》えている手に額《ひたい》を当て、無言の懇願（こんがん）をする。

湯気が上がる茶釜《ちゃがま》の前に座っていた左近は、膝を転じて向き合った。

「盛靖殿は、ご生母について語ってくれた。親子を引き離したのは、身分のせいか。それとも、俗《ぞく》に言う姑《しゅうとめ》と嫁の問題か」

林松院は顔を上げ、左近と目を合わさず答える。

「お答え申し上げます。火事の折、恵津を上屋敷に入れなかったのは、わたくしの実の娘のためにございます」

「実の娘とは、どなたのことか」

「隠居した盛興の正室、常葉にございます。盛興は、分家から養子に迎えたわたくしの甥《おい》にございます」

左近は知らなかったが、珍しいことではないため驚きはしない。

林松院は言う。

「子宝に恵まれなかった常葉は、盛興と恵津のあいだに子ができたことを喜びはしなかったものの、決して恨《うら》まず、むしろ、お家にとっては慶事だと申しておりました。ですが盛興は、恵津のために、常葉を上屋敷から追い出そうとしていたのです」

左近は、同情を買うための虚言《きょげん》かと疑ったものの、林松院に焦っている様子はなく、凜《りん》とした姿からはむしろ、すべてを打ち明ける覚悟が見て取れる。

林松院は、左近の目を見て続ける。

「侍女の密告で知ったわたくしは、娘を哀《あわ》れに思うあまり怒りに震えました。当時はまだ若く、思慮に欠けていたのでございます」

聞けば、商家の出で卑《いや》しき身分の恵津のために大それた考えをする盛興を恩知らずと罵《ののし》り、娘を守るために恵津を追い出したうえに、生まれたばかりの盛靖を取り上げた。そして常葉には、盛靖を我が子として育てるよう命じ、家臣たちにも、恵津のことを禁句としたのだ。

左近は、盛靖の乳母が恵津の出自《しゅつじ》を詳しく知らなかったのは、当時の家中に漂っていた不穏《ふおん》な空気のせいであろうと考えた。

だが、話はこれだけではなかった。

林松院は言う。

「恵津を追い出し、盛靖を取り上げたことは、甲田家とわたくしにとって、長年にわたる災厄《さいやく》のはじまりだったのです」

左近は黙って聞きながら、茶を点《た》て、茶碗を差し出した。

「それは、悠木に関わることか」

うなずく林松院に、左近は茶をすすめる。

「何か深いわけがあると察していた。まずは一服……」

「かたじけのうございます」

林松院は素直に茶碗を取り、美しく隙《すき》のない姿で飲み、懐紙で茶碗を拭ってから左近に戻した。

引き取る左近に、林松院は話を続ける。

「屋敷を追われた恵津は、実家の悠木に戻りました。父親が存命ならば話は違っていたのでしょうが、跡を継いでいた兄の康左衛門が、わたくしの仕打ちに怒り、すぐさま動きました。火事のあとの混乱に乗じて手の者を屋敷に潜入させて、目を離した隙に盛靖を奪ったのです」

思わぬ話に、左近は茶碗を拭《ふ》く手を止めて置き、ふたたび林松院に膝を転じる。

「それで、いかがいたしたのだ」

「ことを荒らげれば、ご公儀の耳に入ります。これを恐れたわたくしは、康左衛門と交渉し、恵津を側室として戻すと約束しました。ですが恵津は、嫉妬《しっと》と憎悪が渦巻《うずま》く藩邸には二度と戻らぬと、拒んだのでございます」

林松院は、指でそっと目元を拭った。

膝に下ろされた右手の指が、差し込む夕日に光る。

見逃さぬ左近は、懐紙を林松院に差し出した。

恐縮して受け取った林松院は、微笑んで詫びる。

「取り乱し、申しわけありませぬ」

「当時を思い出されたか」

林松院はうつむいて言う。

「帰参《きさん》を拒まれたわたくしは、また親戚から養子を取るしかない、どうやら甲田宗家は、そういう星の下《もと》にあるようだと、あきらめようとしたのですが、わずかなあいだでも、我が子として盛靖を慈《いつく》しんでいた常葉が悲しむ姿を想像し、切ない気持ちになったのを思い出すと、つい……」

年を取ると涙もろくていけないと笑う林松院に、左近は真摯《しんし》に向き合う。

「盛靖殿を、どうやって取り戻したのだ」

「金子《きんす》でございます」

林松院はそう言うと、恥じる胸の内を表情に出した。

「以来年貢の時期には、毎年恵津に一千両を支払う約定《やくじょう》を交《か》わして、盛靖を取り戻したのでございます」

「大金だな。されど、我が子を手放すのは辛《つら》いはず。恵津殿が、よく承知したな」

林松院は真顔で答える。

「盛靖を大切に育て、必ず藩主にすると約束いたしましたから、子の幸せを考えたのでございましょう」

「結果的に、盛靖殿は苦しんでいる」

「おっしゃるとおり……」

林松院は、ほろりと涙を流し、懐紙で拭った。

「わたくしの欲が、養子を拒みました。我が息子として手塩にかけた盛興のためにも、どうしても、盛靖が欲しかったのです」

「さようか」

「わたくしの考えは、間違ってはおりませなんだ。盛靖を大事に育てる常葉の姿を見て、盛興はこころを開き、今も夫婦仲が睦《むつ》まじいのですから」

林松院は後悔をしていないようだが、左近は、子を手放した恵津の気持ちを考え、胸を痛めるのだった。

「盛靖殿は、ご生母に孝を尽くしたいと願っている。親を想う気持ちをわかってやれぬか」

林松院は、左近と目を合わせた。実直な人柄を表す眼差しだ。

「盛靖の気持ちを考えるからこそ、実母を忘れさせたいのです」

「どういう意味だ」

「恵津は、今も兄と共に商売をしておりますが、その実は、藩から送られる金子で優雅に暮らしてございます。盛靖と会えば、頼りの毎年の二千両を打ち切られるため、会うつもりはないはずなのです」

悠木の者が拒んだのはこれが理由かと思った左近は、盛靖の身になって考える。

今の話を盛靖が知れば悲しむだろうが、事実を話すべきではないか。

そう思った左近は、林松院の目を見る。

「盛靖殿が孝を尽くすべき相手は、実母ではないようだ。今わたしに語ってくれた話を、盛靖殿にも聞かせるべきかと考えるが、いかがか」

林松院はうつむいた。

「とても言えませぬ」

「恐れるのは、今日までとされてはいかがか」

左近がこう告げると、林松院はふたたび涙を流す。

「盛靖が事実を知ってしまえば、傷つきましょう。金で母から引き離したわたくしは恨まれてもよいですが、常葉が恨まれるのは、忍びないのです」

我が子として可愛がる育ての母と、金のために会おうとしない生みの母。

両者を念頭に、左近は、盛靖にとってもっともよい手は何かと考える。

そして、改めて問う。

「当主となった盛靖殿が、ご生母を藩邸に迎えたいと願えば、いかがいたす」

林松院は悲しく辛そうな面持ちでしばし考えていたが、気持ちの整理がついたらしく、顔を上げた。

「盛靖が強く望むのであれば、いたしかたないことにございます。お家のために励むと約束してくれれば、わたくしはすべてを託し、常葉を連れて上屋敷を去りましょう」

「同じ屋敷には暮らせぬか」

「暮らせませぬ」

林松院はきっぱりと言い切った。

両者の想いがあるだけに、難しい問題だ。

林松院は左近に両手をつき、頭を下げた。

た。

「盛靖に、この場で決めさせてくださりませ」

応じた左近は、控えている間部に命じて、呼びに行かせた。

程なく茶室に入ってきた盛靖は、覇気《はき》のない様子で正座し、林松院に頭を下げた。

林松院は、慈愛《じあい》に満ちた面持ちで見ている。

左近が、これまで林松院と語り合った内容を告げたうえで、

「林松院殿は、そなたの考えに従うそうだ」

そう促した。

生母に孝を尽くせば、祖母と育ての母が上屋敷を去ってしまう。

盛靖は悩み苦しみ、うつむいて黙り込んだが、それはほんの短いあいだで、林松院に顔を上げて思いをぶつける。

「一度でよいのです。わたしをお産みくだされた母に会い、礼を尽くしとうございます。ただそれのみで、共に暮らすことまでは望みませぬ」

林松院は安堵《あんど》した面持ちで応じる。

「わかりました。悠木の者には、わたくしが伝えましょう」

許しが出るとは思っていなかったのか、盛靖は驚き、確かめる。

「よいのですか」

林松院は微笑んでうなずいた。

これを受けた左近の計らいで、盛靖は、浜屋敷で生母と会う運びになった。

四

その翌日、悠木の前で林松院の使者を見送った康左衛門は、姿が見えなくなると中に駆け込み、磨き抜かれた木の光沢《こうたく》が出ている廊下を、奥の部屋に急いだ。

「恵津、恵津」

慌てる兄の声に、縫い物をしていた恵津が手を止め、齢《よわい》三十七とは思えぬ老《ふ》けた顔を廊下に向けた。

障子を開けて六畳間に入った康左衛門は、何ごとかと不思議そうな顔をしている恵津の前に正座し、嬉しそうに告げる。

「喜べ、息子と会えるぞ。たった今、林松院様の使者が来た。昼から出かける。急いで支度をしろ。着物はどれにする。季節を先取りした……」

「兄さん」

恵津に声をかけられ、康左衛門は訊く顔を向ける。

恵津は針と糸を添えて縫いかけの生地を畳に置き、真顔で告げる。

「わたしに息子はいません」

康左衛門は眉尻を下げ、弱った面持ちをする。

「わたしの話を聞いていなかったのか。林松院様のお許しが出たのだ。しかも、取りなしてくださったのは甲州様だ。甲府藩の浜屋敷へ行けば、お前が二十年も想い続けてきた息子に会えるのだぞ」

「共に暮らせるのですか」

「そ、それはだな……」

返答に詰まる康左衛門は、笑ってごまかす。

「聞いていない。とにかく会って話せ。先のことは、あとからどうにでもなるだろう」

恵津は首を横に振る。

「盛靖殿のお立場を悪くし、かえって苦しめることになりますから、わたしは今のままでよいのです」

頑なに会おうとしない妹を哀れに思う康左衛門は、こう切り出す。

「いいか恵津。これまで甲田家から受け取った金にはいっさい手をつけていないのだから、すべて返せば、なんの遠慮もいらなくなる。堂々と会い、息子をこの手で抱きしめてやれ」

両手を取ってにぎる康左衛門に、恵津は微笑む。

「わたしは、盛靖殿の幸せを一番に考えたいのです」

恵津はそう言うと、縫いかけの生地を持ち、離れの自室に戻ってしまった。

やつれてしまった妹を哀れに思う康左衛門は、辛そうに目を閉じていたが、思い立ったように身支度を整え店を出た。

向かうのは、浜屋敷だ。


盛靖を連れて浜屋敷にくだっていた左近は、間部から康左衛門の来訪を告げられ、表の広間で会うことにした。

盛靖と共にゆくと、庭に正座して待っていた康左衛門が平伏《へいふく》する。

「面《おもて》を上げなさい」

左近の声に応じた康左衛門は、盛靖を見て、目に涙を溜《た》めて言う。

「ご立派になられました」

盛靖は庭に母の姿を捜す。

「母上は、まいられておらぬのですか」

はい、と応じた康左衛門は、左近に言う。

「今日は、すべてをお話しいたします」

左近が盛靖に座るよう告げ、縁側に座した。

康左衛門は盛靖が座るのを待ち、左近に向いて口を開く。

「妹の恵津は、二十年前に藩邸を出されて以来、盛興様と盛靖様を想い続けて、新しい縁談をすべて断り、家族を持とうとしませんでした。先ほどは拒みましたが、本心は、会いたくて仕方ないはずなのです」

左近が問う。

「林松院殿が許されておるのに、何ゆえ拒まれる」

盛靖が、不安そうに問う。

「もしや、毎年金子を送る約定を気にしておられるのですか。それならばご安心を。それがしが止めさせませぬ」

「違うのです」

康左衛門が激しく首を横に振るのを見て、盛靖はいぶかしげな顔をする。

「では何ゆえ、会《お》うてくださらぬのですか」

康左衛門は、たまりかねた様子で盛靖の前に歩み寄り、濡れ縁に両手をついてむせび泣いた。

盛靖が立って行き、そばに座して背中をさする。

「伯父上《おじうえ》、お話しくだされ」

「もったいない」

康左衛門は離れ、立ったまま告げる。

「妹は、重い病にかかっているせいで、気が弱くなっているのです」

盛靖が愕然《がくぜん》とした。

「重い病とは、どのような……」

康左衛門の悲しみようは、尋常ではない。

これを見た盛靖は、恐れた顔をしている。

康左衛門は病名を言わず、こう告げた。

「お目にかかればこの世に未練が残り、また、孝を尽くそうとしてくださる息子を悲しませると思い、拒んでいるのでしょう」

「そんな……。母上は、不治《ふじ》の病なのですか」

康左衛門は盛靖の目を見て、うなずいた。

盛靖は立ち上がった。

「こちらから会いにまいります」

行こうとするのを、康左衛門が止める。

「お許しください。急に行かれれば妹が驚き、身体に障《さわ》りますから」

頭を下げられた盛靖は、悲しそうにその場に正座し、首《こうべ》を垂れた。

思うところがある左近は、盛靖に告げる。

「余が話をしにまいる。ここで待つがよい」

左近は間部に盛靖を託し、藤色の着物姿で浜屋敷を出た。

康左衛門の案内で悠木に入り、恵津と対面したのは広い客間だ。

浪人だと思っているのか、恵津はさして緊張もせず、なんの用かとうかがう顔を康左衛門に向けている。

康左衛門が告げる。

「驚かずに聞いてくれ。こちらは、甲州様だ」

恵津は目を見張り、左近に平伏する。

「知らぬこととはいえ、ご無礼をいたしました」

「楽にしてくだされ。今日は、盛靖殿の友としてまいりました」

「盛靖様の……」

「ご母堂《ぼどう》のお気持ちと、御身のことを康左衛門殿から聞きました」

恵津は穏やかに微笑む。

「わたしは、もう長くは生きられませぬから、このままでよいのです」

「残される盛靖殿の気持ちを考えてお会いにならぬのでしたら、それは、大きな間違いかと存ずる。親の死に目に会えぬほど、子にとって辛いことはないのですから」

恵津は、ほんとうの気持ちを言葉にするのをためらっているように思える。

左近は背中を押した。

「今こそ、盛靖殿とお会いになるべきです。ご母堂、なんの遠慮がいりましょうか。己の気持ちに、正直になられませ」

涙を流した恵津は、拝《おが》むように手を合わせた。

「息子に、会いとうございます」

左近は破顔《はがん》した。

「やっと、本音を申されましたな。これより、盛靖殿を呼んでまいります」

「盛靖様は、今どこに……」

「甲州様の、お浜屋敷だ」

康左衛門が教えると、恵津は左近に懇願する。

「会いにまいりとうございます」

「身体に障ってはいけぬ」

「いいえ、このとおりまだ動けますから、どうか、お願いいたします」

「甲州様、手前からもお願い申します」

快諾《かいだく》した左近は、用があると言う康左衛門を店に残し、町駕籠に恵津を乗せて浜屋敷に戻った。

生き別れて二十年後に、ようやく再会を果たした恵津は、我が子を抱きしめた。

「鷹松、ああ、どんなに会いたかったか」

「母上……」

「こんなに立派になって……」

血を分けた親子の再会に、左近はそっと涙を拭い、部屋から出ていった。

林松院が浜屋敷に来たのは、恵津と盛靖が存分に語り合い、日が西に傾いた頃だった。

まさか邪魔をしに来たのではあるまいと思った左近は、まずは別の部屋に通し、用向きを問うた。

すると林松院は、康左衛門が金を返しに来たと告げたうえで、盛靖と恵津に会わせてくれと言う。

「決して、悪い話はいたしませぬ」

案じる気持ちを察した言葉に、左近は応じることにした。

連れて廊下を歩み、母子がいる部屋に案内すると、恵津の顔を見るなり、林松院は歩み寄って座り、両手をついて詫びた。

「恵津殿、そなた、これまで渡した金子にはまったく手をつけていなかったのですね。康左衛門殿から聞きました。いずれ藩を継ぐ盛靖殿のために蓄《たくわ》えていたというのは、まことですか」

恵津は恐縮した。

「そのような大それた考えはありませぬ。ただ、我が子をお金で手放した気持ちになるのが苦しく、兄にはそう告げていたのです」

「息子の将来を考えて、手放してくれたのですね」

「金子など受け取らずお返しすればよかったのですが、兄の怒りを鎮めるには、申し出をお受けするしかなかったのです」

林松院は満足したような面持ちになり、盛靖に告げる。

「藩の財政を立て直しているそなたの助けになりましょう。母御のおかげと思うて、ありがたく使わせてもらいなさい」

「しかし……」

母を想い断ろうとする盛靖に、林松院は言う。

「恵津殿を上屋敷にお迎えし、養生《ようじょう》をしていただきなさい」

盛靖は驚いた。

「よろしいのですか」

林松院は笑みを浮かべてうなずいた。

「わたくしと常葉に気兼ねはいりませぬ。しっかりと、孝行なさい」

「はい」

嬉し涙を流す盛靖に、恵津が言う。

「林松院様のお心遣いに感謝いたします。されども、わたしは住み慣れた家で過ごしとうございます。甲州様のおかげで、思い残すことはありませぬ」

恵津の幸せそうな顔を見て、左近は安堵した。

こうして、恵津は上屋敷には入らず悠木に戻った。

盛靖は翌日から、暇《ひま》さえあれば悠木に足繁《あししげ》く通い、母のために高名な医者と高価な薬を用意した。

そんな盛靖が、側近の中田を供にし、ふたたび左近を訪ねて桜田の上屋敷に来たのは、ひと月後だ。

神妙な顔で頭を下げた盛靖は、左近に告げる。

「おかげさまで、母を看取《みと》ることができました」

「そうか。恵津殿は、身罷《みまか》られたか」

「はい。最期は、穏やかな顔をして逝《ゆ》きました」

「寂しいことであろう」

「二人も母がいるわたしは、幸せ者です」

こう述べて笑みを浮かべる盛靖は、そっと目元を拭った。

この盛靖と同じように、生母の身分が低い理由で離され、新見家で育てられた左近は、今は亡き二人の母を想うのだった。

この作品は双葉文庫のために書き下ろされました。

双葉文庫

さ-38-32

新《しん》・浪人若《ろうにんわか》さま 新見左近《にいみさこん》【十四】

乱《みだ》れ普請《ぶしん》

2023年8月9日　第1刷発行

【著者】

佐々木裕一《ささきゆういち》

【発行者】

箕浦克史

【発行所】

株式会社双葉社

〒162-8540 東京都新宿区東五軒町3番28号

［電話］03-5261-4818(営業部)　03-5261-4868(編集部)

www.futabasha.co.jp(双葉社の書籍・コミックが買えます)

【印刷所】

中央精版印刷株式会社

【製本所】

中央精版印刷株式会社

【フォーマット・デザイン】

日下潤一

ISBN978-4-575-67168-1 C0193

Printed in Japan

佐々木裕一
闇の剣
浪人若さま 新見左近 決定版【一】
長編時代小説

浪人姿で町へ出て許せぬ悪を成敗す。この男の正体はのちの名将軍徳川家宣。剣戟、恋、人情、そして勧善懲悪。傑作王道シリーズ決定版！

佐々木裕一
雷神斬り
浪人若さま 新見左近 決定版【二】
長編時代小説

仇討ちの旅に出た弟子を捜しに江戸に来たという剣術道場のあるじと知り合った左近。事情を聞き、本懐を遂げさせるべく動くのだが——。

佐々木裕一
おてんば姫の恋
浪人若さま 新見左近 決定版【三】
長編時代小説

左近暗殺をくわだてる黒幕の正体がついに明らかに⁉ そして左近を討ち果たすべく、最強の敵が姿を現す！ 傑作シリーズ決定版第三弾‼

佐々木裕一
将軍の死
浪人若さま 新見左近 決定版【四】
長編時代小説

信頼していた大老酒井雅楽頭の裏切り、慕っていた将軍家綱の死。失意の左近に、最大の危機が迫る！ 人気時代シリーズ決定版第四弾‼

佐々木裕一
陽炎の宿
浪人若さま 新見左近 決定版【五】
長編時代小説

国許の民から訴状が届いた。甲府の村の領民が苛政に苦しんでいると知った左近は極秘でお国入りを果たす。人気シリーズ決定版第五弾‼

佐々木裕一
日光身代わり旅
浪人若さま 新見左近 決定版【六】
長編時代小説

綱吉の命を狙う曲者が現れた。曲者を捕らえ黒幕を暴くべく綱吉から日光社参の際の影武者を命じられた左近は、決死の道中に挑む！

佐々木裕一
浅草の決闘
浪人若さま 新見左近 決定版【七】
長編時代小説

意地を張り合う二人の浪人が果たし合いをすることに。左近をも巻き込む決闘の結末は——。人気時代シリーズ決定版第七弾‼

佐々木裕一　風の太刀　浪人若さま 新見左近 決定版【八】　長編時代小説

殺された藩主たちの仇討ちを誓う元藩士と知り合った左近。宿願を果たさせるべく、力を貸すことに――。人気時代シリーズ決定版第八弾!!

佐々木裕一　大名盗賊　浪人若さま 新見左近 決定版【九】　長編時代小説

将軍家御用達の店ばかりを狙う盗賊が現れた。綱吉を深く恨み、市中を混乱に陥れる賊の正体とは――？　人気時代シリーズ決定版第九弾!!

佐々木裕一　江戸城の闇　浪人若さま 新見左近 決定版【十】　長編時代小説

大老殺しに端を発した出世をめぐる争い。手段を選ばぬ悪党に、左近の怒りの刃が振り下ろされる！　人気時代シリーズ、決定版第十弾！

佐々木裕一　左近暗殺指令　浪人若さま 新見左近 決定版【十一】　長編時代小説

生類憐みの令に庶民の不満が募り、綱豊を将軍に望む声が高まる中、左近は何者かに命を狙われて――。人気時代シリーズ、決定版第十一弾！

佐々木裕一　人斬り純情剣　浪人若さま 新見左近 決定版【十二】　長編時代小説

交誼を結んだ浪人夫婦を襲う数々の災厄。二人が背負う過去を知った左近は夫婦を守るべく立ち上がる。人気時代シリーズ決定版第十二弾！

佐々木裕一　片腕の剣客　浪人若さま 新見左近 決定版【十三】　長編時代小説

お琴に持ち上がった京行きの話、将軍家世継ぎの座をめぐる尾張徳川家の不穏な動き。そして左近の前に、最強の刺客が姿を現す！

佐々木裕一　将軍への道　浪人若さま 新見左近 決定版【十四】　長編時代小説

忍び寄る刺客の影。高まる緊張の糸。不穏な騒動を前に、左近とお琴、愛し合う二人の運命は――!?　人気時代シリーズ、第一部完結！

佐々木裕一　新・浪人若さま 新見左近【一】　長編時代小説〈書き下ろし〉

不穏な影

浪人姿に身をやつし市中に繰り出し悪を討つ。その男の正体は、のちの名将軍徳川家宣——。大人気時代小説シリーズ、第二部スタート！

佐々木裕一　新・浪人若さま 新見左近【二】　長編時代小説〈書き下ろし〉

亀の仇討ち

権八夫婦の暮らす長屋に仇討ちの若い兄妹が転がり込んでくる。仇を捜す兄に助力を申し出た左近だが、相手は左近もよく知る人物だった。

佐々木裕一　新・浪人若さま 新見左近【三】　長編時代小説〈書き下ろし〉

夫婦《めおと》剣《けん》

米問屋ばかりを狙う辻斬りが頻発する中、小五郎の煮売り屋を訪れるようになった中年の旅の夫婦。二人はある固い決意を胸に秘めていた。

佐々木裕一　新・浪人若さま 新見左近【四】　長編時代小説〈書き下ろし〉

桜田の悪

闇将軍との死闘で岩倉が深手を負った。小五郎たちの必死の探索もむなしく焦りを募らせる左近をよそに闇将軍は新たな計画を進めていた。

佐々木裕一　新・浪人若さま 新見左近【五】　長編時代小説〈書き下ろし〉

贋作《がんさく》小判《こばん》

改鋳された小判にまつわる不穏な噂と偽小判の存在を知った左近。市中の混乱が憂慮されるなか、老侍と下男が襲われている場に出くわす。

佐々木裕一　新・浪人若さま 新見左近【六】　長編時代小説〈書き下ろし〉

恨みの剣

同じ姓の武家ばかりを狙う辻斬りが現れた。下手人は説得に応じず問答無用で斬り捨てるという。冷酷な刃の裏に潜む真実に、左近が迫る！

佐々木裕一　新・浪人若さま 新見左近【七】　長編時代小説〈書き下ろし〉

宴《うたげ》の代償

出世をめぐる幕閣内での激しい対立。政への悪影響を案じる左近だが、己自身をも巻き込む大騒動に発展していく。大人気シリーズ第七弾！

佐々木裕一　新・浪人若さま 新見左近【八】　長編時代小説
鬼のお犬様〈書き下ろし〉

お犬見廻り組の頭に幼い息子を殺された御家人が、西ノ丸大手門前で抗議の自刃を遂げた。胸を痛めた左近は、真相を調べようとするのだが。

佐々木裕一　新・浪人若さま 新見左近【九】　長編時代小説
無念の一《ひと》太刀《たち》〈書き下ろし〉

勅額火事から一年。町の復興が進む中、大火の折に武家の娘が攫われたとの噂を耳にした左近。さっそく近侍四人衆に探索を命じるのだが。

佐々木裕一　新・浪人若さま 新見左近【十】　長編時代小説
嗣縁《しえん》の禍《わざわい》〈書き下ろし〉

将軍綱吉には隠し子がいた⁉ 思わぬ噂を耳にし、これで西ノ丸から解放されるとばかりに喜ぶ左近だが、何者かによる襲撃を受けて――。

佐々木裕一　新・浪人若さま 新見左近【十一】長編時代小説
不吉な茶釜〈書き下ろし〉

高家の吉良上野介が手に入れた茶釜が屋敷から消えた。この思わぬ騒動が、天下を揺るがす大事件にまで発展し――。驚天動地の第十一弾！

佐々木裕一　新・浪人若さま 新見左近【十二】長編時代小説
すもの縁〈書き下ろし〉

主家の改易と共に姿を消した赤穂藩の堀部安兵衛たち。友の身を案じる左近の意を汲んだ泰徳は、岩倉らと共に赤穂の国許に向かう――。

佐々木裕一　新・浪人若さま 新見左近【十三】長編時代小説
忠義の誉《ほまれ》〈書き下ろし〉

未だつかめぬ堀部安兵衛の行方、高まる仇討ちの不安。焦りを募らせる左近に、運命の刻が迫る。元禄の世を揺るがす大騒動、ついに決着！

坂岡真　はぐれ又兵衛例繰控《れいくりびかえ》【七】　長編時代小説
為《な》せば成《な》る〈書き下ろし〉

父の仇を捜す若侍と出会った又兵衛。若侍の境遇に同情し、仇討ちの成就を願うが、おもわぬところから仇の消息の手掛かりを摑み――。